D'autres productions des mêmes auteurs

"Sans Cyrano" est le travail de deux auteurs finement conseillés, en particulier par les membres de la compagnie Arnold Schmürz. Nous remercions donc nos compagnons de l'équipe de création : Anne-Laure Rochat et Céline Salze qui furent présentes dès la première idée. A leur manière elles furent les premières cadettes.

Merci aussi à Guillaume Bélléard, Maguy Ailliot, July et les autres relecteurs. Nous leur avons fait confiance pour qu'ils changent bien plus qu'une virgule sans rien coaguler.

Merci enfin aux curieux, acteurs et critiques qui prirent part à la première mise en scène. D'un bon mot ou d'une remarque, ils ont su inspirer des vers en se gardant de les juger. Merci à Catherine Abadie, Quentin Auchapt, Etienne Duranton, Nicolas Guillet, Oriane Leichapt, Ruben Lopez, David, Arthur, Mouna, J-C, Caro, et les autres qui se reconnaîtront. Nous vous citons en touffe sans vous mettre en bouquet.

Nous éviterons le cliché de remercier Edmond de Rostand, même si c'est bien son œuvre qui revit à travers nous, cachée dans nos tête depuis la prime adolescence.

Au panache ! Bonne lecture.

Cyril et Claire.

PERSONNAGES

MAGDELAINE ROBIN / ROXANE   *Précieuse, cousine de Cyrano*

LA DUÈGNE   *Chaperonne de Roxane*

COMTE ANTOINE DE GUICHE   *Gascon souple et froid*

VICOMTE ANATOLE DE VALVERT   *Âme damnée de De Guiche*

BARON CHRISTIAN DE NEUVILETTE   *Jeune premier*

BARONNE LE BRET   *Cadette et meilleure amie de Cyrano*

CAPITAINE CARBON DE CASTEL-JALOUX   *Cheffe des cadettes*

FRACAS   *Cadette truculente*

MYSTÈRE   *Cadette discrète*

RAGUENEAU   *Patissier des poêtes*

ASTICOT   *Vagabond chétif*

ALTIÈRE   *Vagabond ombrageux*

MANDOLINE   *Vagabond mélomane*

TAISEUX   *Un assassin qui en dit peu*

VERBEUX   *Un assassin qui parle trop*

LA STATUE   *Une allégorie du Panache*

LIGNIÈRE   *Poête alcoolique*

GUIGY   *Marquis adepte de potins*

LA DISTRIBUTRICE   *Vendeuse de rafraichissements*

TIRE-LAINE   *Voleur mal avisé*

MONTFLEURY   *Acteur et porteur de seaux d'eau*

LE GARDE   *Sbire du cardinal*

Acte I

La salle de l'Hôtel de Bourgogne, en 1640. Sorte de hangar de jeu de paume aménagé et embelli pour des représentations.
Cette scène est flanquée des deux côtés par des sièges. On entre indépendemment à cours ou à jardin. D'un coté : les loges où iront se placer Roxane, De Guiche, et Valvert. De l'autre, le parterre ou se placeront Ragueneau, Christian, et Le Bret.

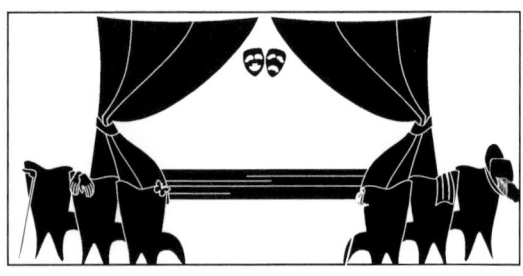

SCÈNE 1 : CYRANO DE BERGERAC

LA SALLE, CUIGY, LIGNIÈRE, CHRISTIAN, LA DISTRI-BUTRICE,
RAGUENEAU, LE BRET, ROXANE, DE GUICHE, VALVERT, LE TIRE-LAINE. *Cette scène est empruntée à Edmond de Rostand*

> LA SALLE, *saluant l'entrée de l'allumeur*

Ah !...

Lignière, un peu débraillé, figure d'ivrogne distingué, devise avec son ami Cuigy, en tenue de marquis venu se montrer. Christian, vêtu élégamment, mais d'une façon un peu démodée, paraît préoccupé et regarde les loges.

CUIGY

Lignière ! Pas encore gris !...

LIGNIERE, *bas à Cuigy, en lui montrant Christian*

Je le présente ?

Signe d'assentiment de Cuigy.

Baron de Neuvillette.

Saluts.

LA SALLE, *acclamant l'ascension du premier lustre allumé*

Ah !

CUIGY, *en regardant Christian*

La tête est charmante.

LIGNIERE, *à Christian*

Christian : voici Cuigy, un ami

CHRISTIAN, *s'inclinant*

Enchanté !...

CUIGY, *au deuxième*

Il est assez joli, mais n'est pas ajusté
Au dernier goût.

LIGNIERE, *à Cuigy*

Monsieur débarque de Touraine.

CHRISTIAN, *saluant*

Oui, je suis à Paris depuis vingt jours à peine,
Compagnons...

LA DISTRIBUTRICE, *traversant le parterre*

Oranges, lait...

CUIGY, *observant un cortège imaginaire dans le public*

Nos précieuses prennent place.
Barthénoïde, Urimédonte, Cassandace,
Félixérie...

LIGNIERE, *moqueur*

Ah! Dieu! leurs surnoms sont exquis!
Marquis tu les sais tous?

CUIGY

Je les sais tous marquis!

LIGNIERE, *prenant Christian à part*

Christian, je suis entré pour vous rendre service.
La dame ne vient pas. Je retourne à mon vice!

CHRISTIAN, *suppliant*

Non!... Vous qui chansonnez et la ville et la cour,
Restez : vous me direz pour qui je meurs d'amour.

LA DISTRIBUTRICE, *lors d'une nouvelle traversée*

Macarons, frangipane, panettone, citronnée...

CHRISTIAN

J'ai peur qu'elle ne soit coquette et raffinée,
Je n'ose lui parler car je n'ai pas d'esprit.
Le langage aujourd'hui qu'on parle et qu'on écrit,
Me trouble. Je ne suis qu'un bon soldat timide.
Elle est toujours là bas, au fond : la loge vide.

LIGNIERE, *faisant mine de sortir*

Je pars.

CHRISTIAN, *le retenant encore*

Oh! non, restez!

LIGNIERE

Je ne peux. D'Assoucy
M'attend au cabaret. On meurt de soif, ici.

LA DISTRIBUTRICE, *passant devant lui avec un plateau*

Orangeade?

LIGNIERE

Fi!

LA DISTRIBUTRICE

Lait?

LIGNIERE

Pouah!

LA DISTRIBUTRICE

Rivesalte?

LIGNIERE

Halte!

À Christian

Je reste encore un peu.–Voyons ce rivesalte?

*Il s'assied. La distributrice lui verse du rivesalte. En-
trée de Ragueneau.*

LIGNIERE, *à Christian*

Ah! Ragueneau!...Le grand rôtisseur Ragueneau.

RAGUENEAU, *costume de pâtissier endimanché, s'avançant vers Lignière.*

Monsieur, avez-vous vu monsieur de Cyrano?

LIGNIERE, *présentant Ragueneau à Christian*

Le pâtissier des comédiens et des poètes!

RAGUENEAU, *se confondant*

Trop d'honneur...

LIGNIERE

Taisez-vous, Mécène que vous êtes!

RAGUENEAU

Oui, ces messieurs chez moi se servent...

LIGNIERE

À crédit.

Poète de talent lui-même...

RAGUENEAU

Ils me l'ont dit.

LIGNIERE

Fou de vers!

RAGUENEAU

Il est vrai que pour une odelette...

LIGNIERE

Vous donnez une tarte...

RAGUENEAU

Oh ! une tartelette !

LIGNIERE

Brave homme, il s'en excuse ! Et pour un triolet
Ne donnâtes-vous pas ?...

RAGUENEAU

Des petits pains !

LIGNIERE, *sévèrement*

Au lait.

RAGUENEAU, *regardant de tous côtés*

Monsieur de Cyrano n'est pas là ? Je m'étonne.

LICNIERE

Pourquoi ?

RAGUENEAU

Montfleury joue !

LIGNIERE

En effet, cette tonne
Va nous jouer ce soir le rôle de Phédon.
Qu'importe à Cyrano ?

RAGUENEAU

Mais vous ignorez donc ?
Il fit à Montfleury, messieurs, qu'il prit en haine,
Défense, pour un mois, de reparaître en scène.

LIGNIERE, *qui en est à son quatrième petit verre*

Eh bien ?

RAGUENEAU

Montfleury joue !

CUIGY

Il n'y peut rien.

RAGUENEAU

Oh ! oh !

Moi, je suis venu voir !

CUIGY

Quel est ce Cyrano ?

LIGNIERE

C'est un garçon versé dans les colichemardes.

CUIGY

Noble ?

LIGNIERE

Suffisamment. Il est cadet aux gardes.

Entrée de Le Bret qui semble chercher quelqu'un.

Mais son amie Le Bret peut vous dire...

Il appelle.

Le Bret !

Le Bret descend vers eux.

Tu cherches Bergerac ?

LE BRET

N'êtes vous pas inquiets ?...

LIGNIERE

N'est-ce pas que cet homme est des moins ordinaires ?

LE BRET, *avec tendresse*

Ah ! c'est le plus exquis des êtres sublunaires !

RAGUENEAU

Rimeur !

LIGNIERE

Bretteur !Physicien !

LE BRET

Musicien !

LIGNIERE

Et quel aspect hétéroclite que le sien !

RAGUENEAU

Plus fier que tous les Artabans dont la Gascogne
Fut et sera toujours l'alme Mère Gigogne,
Il promène, en sa fraise à la Pulcinella,
Un nez !... Ah ! messeigneurs, quel nez que ce nez-là !...
On ne peut voir passer un pareil nasigère
Sans s'écrier : « Oh ! non, vraiment, il exagère ! »
Puis on sourit, on dit : « Il va l'enlever... » Mais
Monsieur de Bergerac ne l'enlève jamais.

LE BRET, *hochant la tête*

Il le porte, – et pourfend quiconque le remarque !

RAGUENEAU, *fièrement*

Son glaive est la moitié des ciseaux de la Parque !

>> LIGNIERE, *haussant les épaules*

Il ne viendra pas !

>> RAGUENEAU

>> Si !... Je parie un poulet

À la Ragueneau !

>> CUIGY, *riant*

>> Soit !

> *Rumeurs d'admiration dans la salle. Roxane vient de*
> *paraître dans sa loge. Les mâchoires se décrochent en*
> *admirant la belle.*

>> LIGNIERE

>> Ah ! messieurs ! mais elle est
Épouvantablement ravissante !

>> CUIGY

>> Une pêche
Qui sourirait avec une fraise !

>> LIGNIERE

>> Et si fraîche
Qu'on pourrait, l'approchant, prendre un rhume de cœur !

> CHRISTIAN, *lève la tête, aperçoit Roxane, et saisit vivement*
>> *Lignière par le bras*

C'est elle !

>> LIGNIERE, *regardant*

> Ah ! c'est elle ?...

>> CHRISTIAN

>> Oui. Dites vite. J'ai peur.

> Ligniere, *dégustant son rivesalte à petits coups*

Magdeleine Robin, dite Roxane. – Fine.
Précieuse.

Christian

Hélas!

Ligniere

Libre. Orpheline. Cousine
De Cyrano, – dont on parlait...

> *À ce moment, un seigneur très élégant, le cordon bleu
> en sautoir, entre dans la loge et salut Roxane avec
> réverence.*

Christian, *tressaillant*

Cet homme?...

Ligniere, *qui commence à être gris, clignant de l'œil*

Hé! hé!...

Comte De Guiche. Épris d'elle. Mais marié
À la nièce d'Armand de Richelieu. Désire
Faire épouser Roxane à certain triste sire,
Un monsieur de Valvert, vicomte... et complaisant.
Elle n'y souscrit pas, mais De Guiche est puissant.
Il peut persécuter une simple bourgeoise.
D'ailleurs j'ai dévoilé sa manœuvre sournoise
Dans une chanson qui... Oh! il doit m'en vouloir!
La fin était méchante... Écoutez...

> *Il se lève en titubant, le verre haut, prêt à chanter.*

Christian

Non. Bonsoir.

Ligniere

Vous allez?

CHRISTIAN

Chez monsieur de Valvert!

LIGNIERE

Prenez garde.

C'est lui qui vous tuera!

Lui désignant du coin de l'œil Roxane.

Restez. On vous regarde.

CHRISTIAN, *s'asseyant*

C'est vrai!

LIGNIERE

C'est moi qui pars. J'ai soif! Et l'on m'attend
Dans les tavernes!

Il sort en zigzaguant.

LE BRET, *revenant vers Ragueneau, d'une voix rassurée.*

Pas de Cyrano.

RAGUENEAU, *incrédule*

Pourtant...

LE BRET

Ah! je veux espérer qu'il n'a pas vu l'affiche!

CUIGY, *S'approchant du comte De Guiche*

Les beaux rubans! Quelle couleur, comte De Guiche?

DE GUICHE

C'est couleur Espagnol malade.

CUIGY

La couleur
Ne ment pas, car bientôt, grâce à votre valeur,
L'Espagnol ira mal, dans les Flandres !

DE GUICHE

Je monte
Sur scène. Venez-vous ?

Il se dirige, suivi de Cuigy. Il se retourne et appelle.
le vicomte de Valvert entre et le rejoins dans la loge.

Viens, Valvert !

CHRISTIAN, *qui les écoute et les observe, tressaille en entendant*
ce nom.

Le vicomte !
Ah ! je vais lui jeter à la face mon...

Il met la main dans sa poche, et y rencontre celle d'un
tire-laine en train de le dévaliser. Il se retourne.

Hein ?

LE TIRE-LAINE

Ay !...

CHRISTIAN, *sans le lâcher*

Je cherchais un gant !

LE TIRE-LAINE, *avec un sourire piteux*

Vous trouvez une main.

Changeant de ton, bas et vite.

Lâchez-moi. Je vous livre un secret.

CHRISTIAN, *le tenant toujours*

Quel ?

LE TIRE-LAINE

Lignière...

Qui vous quitte...

CHRISTIAN, *de même*

Eh ! bien ?

LE TIRE-LAINE

... touche à son heure dernière.
Une chanson qu'il fit blessa quelqu'un de grand,
Et cent hommes – j'en suis – ce soir sont postés !...

CHRISTIAN

Cent !

Par qui ?

LE TIRE-LAINE

Discrétion...

CHRISTIAN, *haussant les épaules*

Oh !

LE TIRE-LAINE, *avec beaucoup de dignité*

Professionnelle !

CHRISTIAN

Où seront-ils postés ?

LE TIRE-LAINE

À la porte de Nesle.

LA SALLE, *dont l'agitation force Christian à se rasseoir*

Commencez ! Commencez ! Commencez ! Commencez !

SCÈNE 2 : UNE FÂCHEUSE

Les mêmes, MONTFLEURY, LA DUÈGNE.

MONTFLEURY, *derrière le rideau*

Heureux qui loin des cours, dans un lieu solitaire...
Se prescrit à soi-même un exil volontaire
Et qui lorsque Zéphyre a soufflé sur les bois...

LA DUEGNE, *des coulisses*

Au secours venez-vite ! C'est terrible aidez-moi !
J'étais sortie quérir des fruits secs et des noix,
Quand un bruit m'attira dans un passage étroit.
Un homme gît immobile dans une mare de sang !

VALVERT

De quel droit troublez-vous le divertissement ?
Croyez-vous débarquer au cœur d'une criée ?

CHRISTIAN, *arrêté par Ragueneau*

Quel butor celui-ci ! Laissez-moi l'étriller !

LA DUEGNE

Ecoutez moi enfin ! Oh, je vous en supplie !

DE GUICHE, *maître de lui, avec charisme*

Nous sommes tout ouïe, mais gardez vos esprits :
La victime respire ? l'avez-vous observée ?

A la cantonade

Se trouve-t-il quelqu'un qui pourrait le soigner ?

La duegne

Il était étendu, et ce trou dans son crâne !
Une bûche fendue par la force du choc
Gisait sur le chemin à côté d'un platane.

De Guiche

Votre homme est-il vivant ? Le reste, je m'en moque !

La duegne

Il est mort je le pense...ou plutôt j'en suis sûre...

Silence

De Guiche

Puisque nul médecin n'est arrivé encore,
J'y envoie mes valets :

A ses valets dans les coulisses

Allez ! A vive allure !
Venez ensuite à moi faire votre rapport...

A la cantonade

Qu'on apporte à madame un siège et des coussins.

Christian

Permettez, s'il vous plait, je vous laisse le mien.

La duegne

C'est atroce, attendez, il faut que je termine !
De ce sombre accident, je connais la victime !
Roxane, ma fille, approche ! Quelle grande misère !
C'est de Cyrano que sonne l'heure dernière.

Roxane

Comment ?

RAGUENEAU

Non!

LE BRET, *piquée*

Impossible!

LA DUEGNE

Il n'y a pas de doute...
Je me suis approchée, j'ai pu voir son profil.

ROXANE

La ruelle était sombre, et on n'y voyait goutte!

LA DUEGNE

Laisse là tout espoir, dénier est inutile,
Je comprends ta douleur elle est en partie mienne.

ROXANE

Vous qui êtes si docte! Faites donc qu'il revienne!
Pardonnez-moi! Seigneur...je m'égare, j'ai si mal!

CHRISTIAN

Pour une précieuse, c'est tout à fait normal,
Souffrez que je vous aide!

DE GUICHE, *condescendant*

L'aidez-vous ... à souffrir?
Laissez-la respirer, vous rendez cela pire.

CHRISTIAN

Mais enfin!

ROXANE

Ô mon cœur...cela n'est pas réel...
La chaleur et la foule rendent mes sens malades...

Le Bret

Non ça ne peut pas être...c'est quelque mascarade !
Un simple bout de bois ?

La duegne

Oh ! Presque une poutrelle !

Le Bret

Et d'où vient cette bûche au milieu du mois d'août ?
Elle est tombée du ciel ? Otez-moi donc d'un doute !

Roxane pousse un sanglot

Roxane ! Je suis navrée ! Mon sang s'est échauffé...
Mais nous le connaissions...une fin si banale !
C'est un lâche qui voulait sa tête pour trophée !
Sans risquer de trouver un coup d'épée final !

Valvert

Ne portez pas madame de telles accusations !
Vous poussez au scandale pour faire sensation !
Un peu de dignité ! L'heure est déjà au deuil.

Le Bret, *main sur l'épée*

M'offrez-vous votre peau pour lui faire un linceul ?
Il ne donnerait pas au laquais que vous êtes
Le droit de pénétrer dans sa chapelle ardente.

Ragueneau

Du calme enfin Le Bret, ne perd donc pas la tête,
Toi toujours réfléchie, avisée et clémente.
C'est une humeur maligne qui te fait croire au crime !

De Guiche

Si vous avez raison : que la justice prime !
Mais la rage vous domine, il me semble évident
Que cette tragédie est un simple accident.
Monsieur de Cyrano avait des ennemis ?

RAGUENEAU

Quelques-uns, oui, peut-être

LE BRET

Une centaine et demi.
Rien que dans la limite des murs de la cité.

DE GUICHE

J'ai toute confiance dans la sagacité
Des forces de police. Si vous êtes sceptique,
Rendons-leur une visite ?

Invitant Le Bret à le suivre

Sans gêner le public...
Mais je crains que le guet partage mon avis !

*Silence, De Guiche et Valvert sortent. Le Bret leur
emboite le pas.*

MONTFLEURY

La pièce peut reprendre ? Vous m'en voyez ravi !

*Silence, Le Bret se tourne lentement et menaçante
vers la scène*

LE BRET

Tu ne pouvais te taire grotesque mortadelle ?
Respecter la mémoire d'un être exceptionnel,
C'est trop te demander ? Bien plus que ton talent
Te permette sur scène ou dans la vie, vraiment ?
Tu es un piètre humain, un exécrable acteur...
A moins que tu ne joues à attiser ma peine...
Et que tu la savoures ? Est-ce toi le tueur ? !

MONTFLEURY

Mais je...

LE BRET

Alors !

RAGUENEAU

Il ne mérite pas ta haine.

Montfleury prend la fuite

LE BRET, *sombre*

Avis à tous les drôles qui croient se réjouir...
Qu'ils prennent des leçons pour apprendre à courir.
Ce soir tous les bas-fonds recevront ma visite.
Quand j'aurai mes coupables, il faudra partir vite.

*Le Bret Sort. Les badauds quittent le théâtre laissant
Christian, Ragueneau, Roxane, et sa Duègne.*

SCÈNE 3 : CHRISTIAN ET ROXANE

LA DUÈGNE, ROXANE, RAGUENEAU, CHRISTIAN.

LA DUEGNE

Allons madame, venez, allons nous reposer.

ROXANE

Mon chagrin est si lourd, je ne puis plus marcher,
Plus penser, plus parler, je ne suis que douleur.
O, mon si cher cousin, c'est ainsi que tu meurs.

RAGUENEAU

Allons madame, souffrez, que je vous soutienne.
J'admirais Cyrano, je partage votre peine.

> *Ragueneau la prend par le bras pour la soutenir, elle*
> *trébuche prise d'une faiblesse et tombe dans les bras*
> *de Christian. La Duègne et Ragueneau se placent en*
> *retrait et observent.*

CHRISTIAN

Madame vous semblez ici-bas mal en point,
Mon âme de soldat ne se remettrait point
De vous laisser sans aide rentrer jusque chez vous.
Ordonnez, j'éxecute, je ferai tout pour vous.

ROXANE, *à part*

Quel est ce galant homme pour moi si prévenant ?
Au cœur de la tempête, quel visage plaisant,
Je l'ai vu au théâtre avant que tout s'arrête,
Je souhaitais alors qu'il me trouve coquette.
Mais désormais cela m'est fort indifférent,
Je ne sais même plus dire ce que je ressens,
La tristesse m'aveugle... ou bien me rend lucide,
Voilà bien un mystère qu'il faut que j'élucide.

CHRISTIAN, *à part*

Pourvu qu'elle me veuille silencieux en ce jour
Ou c'en est fait de moi, et de tout mon amour.

ROXANE, *à Christian*

En cette sombre épreuve, quel est donc ce sauveur
Qui *silencieusement* met du baume à mon cœur ?

CHRISTIAN

Christian de Neuvillette, baron, pour vous servir.

ROXANE

Rencontrer mon cousin, eûtes-vous ce plaisir ?

CHRISTIAN

Euh, non, à mon regret,

RAGUENEAU

Et quelle pénitence !
Il n'aurait pas manqué de faire sa connaissance,
Christian entre chez les cadettes dès demain.

CHRISTIAN, *le corrigeant*

Les cadets de Gascogne.

ROXANE, *étouffant à novueau ses larmes*

Où servait mon cousin !

CHRISTIAN

Allons madame, allons,

ROXANE, *à part*

Qu'est-ce donc que ceci ?
Un visage si beau, mais pas un brin d'esprit ?

LA DUEGNE, *même jeu*

D'un empoté pareil chercher le réconfort ?
Pour une précieuse, voilà un coup du sort !

ROXANE, *prenant la mouche, à Christian*

Allons monsieur, parlez, apaisez mes tourments,
Tantôt vous regardant je voyais aisément
Un phare qui dans la nuit guiderait un radeau.
Mais à vos grognements, je jurerais plutôt
Que vous vous complaisez à naufrager les cœurs,
A défaut d'en pouvoir conquérir le bonheur.

CHRISTIAN, *s'emportant*

Fi ! Je n'ai que mon bras à offrir, pas d'esprit,
Mais accrochez-vous bien, on n'y voit goutte ici.

ROXANE

Vous me dites cela de la sorte... pas d'esprit ?
Vous vous jouez de moi ! Vous êtes un malappris.
Votre éloquence donc souhaite se faire prier ?
Il faut l'amadouer pour mieux la voir briller ?
Cher monsieur, vos airs vous rendent présomptueux.
Abuser ma patience en ce jour malheureux !
Ne me laissez donc pas désirer plus longtemps
Sentir de vos paroles le salutaire onguent.

CHRISTIAN

Madame, non je ne puis, vous me rendez muet,
Je ne suis qu'un soldat, pas précieux, mais bien fait.
Je ferai tout pour vous, car en vrai...
                                        ...je vous aime.

ROXANE

En un moment pareil ? Monsieur, c'est un blasphème !

CHRISTIAN

Je ne sais m'exprimer devant les demoiselles,
Mais sachez donc qu'en moi est un homme fidèle,

Honorable, vainqueur, et pas du tout cruel,
Tant qu'il n'est pas forcé à dire la ritournelle.

ROXANE

Allons bon jeune coq, m'exprimer votre amour,
Quand je porte le deuil, mais vous êtes balourd !
Et l'exprimer, le comble, de façon si falotte !
Je ne puis comprendre d'où vient cette marotte ?
C'en est trop, laissez-moi, rangez ce ... baratin !
Et ne reparaissez devant moi, plaisantin,
Que lorsque votre audace sera doublée d'esprit !

CHRISTIAN, *s'éloignant tête basse*

Puisqu'il en est ainsi, nos voies bifurquent ici.
Je m'en vais sans regret, vous laissant à vos pleurs,
Qu'ai-je à faire d'une femme qui place la valeur
D'un homme dans ses mots plutôt que dans les faits !

LA DUEGNE, *feignant de ne pas avoir suivi*

Ce bon monsieur nous laisse tout au milieu du gué ?
Il eût été bien vu que l'on nous raccompagne !

ROXANE

Cela vaut mieux ainsi, son discours est un bagne,
Attisant mon chagrin plutôt qu'il ne lui nuit.

RAGUENEAU

Ma très chère Roxane, j'en suis tout désolé.
Acceptez que mes pas vous guident dans la nuit,
Et j'aurai bien tôt fait de vous raccompagner.

Acte II

L'appartement de De Guiche : Un hôtel particulier. D'un côté un bureau avec quelques papiers, une plume, du vin. Austère. De l'autre une antichambre où patientent les invités. Sur un piédestal : une statue de l'allégorie du Panache, figure grecque classique en marbre avec une toge.

SCÈNE 1 : LE COMMANDITAIRE

TAISEUX, VERBEUX, DE GUICHE, LA STATUE

De Guiche est à son bureau, il écrit, un verre de vin à la main. Les assassins préparent leur entrevue dans l'antichambre, ils portent le feutre et la rapière de Cyrano.

TAISEUX

Je le sens pas ce type. L'homme qu'il nous fit tuer
A claqué pour des nèfles : un rendez-vous manqué !

VERBEUX

Un duel ! Et n'oublies pas son nez, un affront
A lui seul.

TAISEUX

Et celui qui pour une chanson
Fut passé à tabac par toute une centurie.

VERBEUX

La fin était méchante.

TAISEUX

De Guiche aime la tuerie.

VERBEUX

Non ! C'est un romantique : c'est pour une coquette.
Il vire ses rivaux pour en faire la conquête...

TAISEUX

Qui le dit ?

VERBEUX

La rumeur

TAISEUX, *mal à l'aise*

Sois prudent compagnon...

Les assassins entrent dans le bureau

DE GUICHE

Parfait, avancez-vous.

VERBEUX

Holàààà...

TAISEUX

Monsieur,

DE GUICHE

Voyons !

Il termine une lettre

Apportez-vous ce dont nous avions convenu ?

Les assassins donnent le feutre et la rapière

TAISEUX

Sa rapière et son feutre. Aucune déconvenue.

De Guiche place l'arme et le chapeau sur la statue

VERBEUX

Hooolà, aux yeux de tous ? Vous n'avez donc pas peur ?
Qu'on établisse un lien entre vous et le mort ?

DE GUICHE

J'en sais trop sur les craintes, les crimes et les erreurs.
De ceux qui viennent ici pour qu'ils causent du tort.
Ne vous inquiétez pas, je ne parle pas pour vous.

Il se recule de quelques pas

Cela lui rend justice...

VERBEUX

C'est élégant, j'avoue,
Je connais peu les arts. Que représente-t-elle ?

DE GUICHE

C'est une allégorie, une idée immortelle,
Peut-être la liberté, certains y voient la gloire,
D'autres encore la comparent à "Athéna Niké".

VERBEUX, *pouffant*

Oh! La pauvre! Et par qui?

DE GUICHE, *glacial*

"Niké" veut dire "victoire".

VERBEUX

Ah oui! Elle n'a pas l'air du genre à abdiquer!
Elle me plaît savez vous? Elle cache des airs... sauvages...

DE GUICHE

Il y a bien longtemps que j'ai dompté sa rage.

TAISEUX

Mon ami parle trop je vais prendre congé,
Il nous reste un détail...

DE GUICHE

Bien sur, j'y ai songé.

Il s'approche d'un tiroir

Voici la récompense : votre argent

TAISEUX

Serviteur...

VERBEUX, *faisant une courbette*

Au plaisir de reprendre les rôles d'exécuteur.

TAISEUX

Quoi donc ? C'est une farce ? D'où proviennent ces pièces ? ! ?

DE GUICHE, *les mains en apaisement*

Doubler un assassin manquerait de sagesse !
Ce sont les premières frappes d'une nouvelle monnaie.
Je les tiens de mon oncle, que tout le monde connaît.
Quand l'hôtel des finances met en route ses fonderies,
Les ministres et les princes sont les premiers servis,
Sous trois mois tout au plus, vous les verrez partout.

TAISEUX, *examinant une pièce*

Le métal a l'air vrai...

DE GUICHE

Les affaires avant tout.

Prenant une nouvelle bourse

Et pour dédommagement, prenez un supplément.

TAISEUX, *acceptant*

Ça ira...

DE GUICHE

Tout s'arrange, ne soyez pas méfiant...

Les assassins se dirigent vers la sortie. De Guiche réfléchit

Juste un mot

TAISEUX, *sur la défensive*

Qu'est-ce à dire ?

VERBEUX, *avec une bourrade du coude*

Ne fait pas ton ruffian.

DE GUICHE

Sans vouloir abuser de votre discrétion...
Comment est-il... passé ? S'est-il donc défendu ?

TAISEUX

Peu importe. Il est froid

DE GUICHE

Ce n'était pas un pion...
Un quidam malchanceux qui en avait trop vu,
Et puis comme escrimeur, il avait sa légende !

VERBEUX

Cela je vous l'accorde ! Et si monsieur demande
Souffrez qu'un spadassin par plaisir vous réponde !

TAISEUX

Pas le temps désolé !

VERBEUX

On n'a pas mieux à faire !
Restons pour expliquer ! rien que quelques secondes !

DE GUICHE

Allez-y.

VERBEUX

Avec joie !

TAISEUX, *les yeux au ciel*

C'est pas vrai...

DE GUICHE

Commencez !

VERBEUX

Je tanguais faussement, je m'étais calfeutré,
Faisant d'une ruelle qu'il devait traverser
L'embouchure de la nasse où le faire trépasser.
On me hèle, et d'une voix que je sais contrefaire,
Je réponds d'un air niais :

Imitant un idiot

      "Qui parle là derrière ?"
Pendant que de sa face j'examine le contour,
Me prenant sur le fait, son sang ne fait qu'un tour :

Imitant Cyrano

"Trouvez-vous distrayant ? De faire de mon portrait
Un tour panoramique ?"
      Plus de doute ! c'est lui !
Je dévoile aussitôt mes véritables traits :
Et montre mon épée, dont le métal reluit.

Imitant Cyrano

"Hoooolàààà ! qu'est-ce que cela ? quel est votre dessein ?"

Dans son rôle

"Nous avions rendez-vous : je suis votre assassin..."
Je lui fais part bien sûr, de mon admiration !
Autant pour son talent que sa réputation.

Imitant Cyrano

"Le compliment, bretteur, me touche droit au cœur,
Ce dont ton espadon n'aura pas le bonheur"
Je ne me rappelle point ce que je rétorquais
Sauf que ce fut cinglant !

TAISEUX, moqueur

C'était glorieux ! Pas vrai !

VERBEUX, *Imitant Cyrano*

"Commençons la leçon ?"

Dans son rôle

"Elle est déjà apprise !"
Nous bataillons, vaillants : il vante ma maîtrise !
Nos langues soutiennent le rythme des épées !

DE GUICHE

Se battre en débattant ? Il a dû apprécier !
Ce dût être épatant ! Le bel Esprit, l'acier !

TAISEUX

Et tout obnubilés par leur propre épopée
Ils ne me voient même pas saisir un madrier
Et sauver ce vantard avant qu'il soit tué.

VERBEUX, *déçu que son histoire soit finie*

Il était à ma botte, la victoire était mienne !

TAISEUX

Autant que Buckingham eût possédé la reine !
On se bat ou l'on rime, c'est affaire de choix !
Il a fait le mauvais[2]

DE GUICHE, *philosophe*

Il a pris le plus droit...
Vous devez m'excuser je me suis emballé :
Je connaissais la fin... A quoi ai-je pensé ? !
Il doit détester ça, étendu, dans son suaire,
Être abattu de dos, de manière ordinaire.
Il se fait tard hélas, je ne vous retiens pas.
Encore merci d'avoir "arrangé" ce trépas.

---

2. Merci à Ayroles et Masbou à qui j'emprunte cette réplique.

SCÈNE 2 : L'APPEL DU VIDE

DE GUICHE, LA STATUE

DE GUICHE

Quel silence soudain. Je prends enfin mes aises.
Le jour s'éteint, les bruits se taisent, la ville s'apaise.
Je connais tous ces toits où le regards s'accroche.
L'hôtel particulier où déambule Valvert,
La moitié de sa couche est payée de ma poche.
Le cloître Saint-Rémi où un certain vicaire
Me doit une faveur. Et bien sûr la Bastille
Où je peux expédier à la moindre vétille...
Ceux qui me contrarient.
...
                        j'embrase ce damier :
Des cases, des rivaux, des pions, et des alliés.
Mais maintenant que j'y suis un peu plus sensible,
Ce vide m'électrise d'une onde imperceptible.
...

Il se penche à la fenêtre, située au 4ᵉᵐᵉ mur, vers le public

Ce balconnet domine de vingt pieds le pavé,
Et à gauche, et à droite, on voit comme des travées
Ouvertes à tous les vents, encadrées de falaises,
Fortifiées de ciment, décorées de cimaises.
...
Cette voûte céleste est comme un océan
Tiré de l'est à l'ouest en nappe de néant,
Où s'écoulent des flots d'un éther aérien.
J'aimerais de ce vide me faire explorateur.

Songeur, il se tourne vers la statue

Alors, porte-manteau ! Cela ne te fait rien
D'être figée ici, le regard en torpeur !
Oui, j'ai tué un homme ! On te dirait choquée !
Et quoi ? Sa mort, j'affirme, était justifiée.

33

Il faut que ma colère puisse aussi se résoudre !
Me blâmer serait sot. Comme accuser la foudre.
Ce n'était que justice ! C'est l'effet du destin.
Je ne lui souhaitais pas de trouver celle fin.
...
J'ai tué pour un air, une lettre, et un silence.
Un mot ou une note en moins : point de violence !
...
Une lettre d'amour à sa cousine Roxane
Me désigna bien vite Cyrano comme rival,
Il est là ! Ce billet aux splendeurs occitanes,
Je l'ai interceptée ! Pendant ce temps : scandale,
Il composait un air pour son ami Lignière,
Afin qu'il chante au monde que j'étais pervers !
Ô ennemi maudit, j'ai voulu ce duel
Pour réparer l'affront et lui ravir la belle.
Mais je n'eus qu'un silence pour unique réponse !
Un mot aurait suffit pour qu'enfin je renonce.
Quel autre choix avais-je ?

LA STATUE, prenant vie

Que lancer tes soudards ?
Que pouvait-on faire d'autre, sinon un traquenard ?
Mais quelle intégrité ! Tu as le front d'Auguste.
J'ai de la chance enfin de ne point être un buste !
J'ai encore le moyen de boucher mes oreilles.
Mieux vaudrait être sourde qu'ouïr choses pareilles !

DE GUICHE

Facile répartie, insolente estocade !
Tu ne m'écoutes pas ? Je devrais rester coi ?
Je t'offense ? Face à moi, tu montes les barricades ?
Mais tu vas m'écouter. Et tu n'as pas le choix.
Tu m'appartiens statue, je t'ai payée mégère !

LA STATUE

Tu as acquis une pierre, rien de supplémentaire.
Que t'a fourni l'argent ? Je suis dubitative !
Les gestes d'un sculpteur sur une roche massive ?
Et en prime les courbettes, les "merci", les "bravos",
Les "haaaa..." les "hoooo....lancés par ta cour, tous des veaux !

Mais mon âme est le rêve dont le sculpteur s'inspire
Quand il veut émouvoir en figeant un sourire.
Je suis l'allégorie d'une idée : le Panache !
Dont tu es dépourvu...C'est cela qui te fâche.

DE GUICHE

Quoi ? ! Il m'appartiendrait si je l'avais voulu !

LA STATUE, *explosant de rire*

Assez ! C'est une farce !

DE GUICHE

Tu te moques ! ?

LA STATUE, *moqueuse*

Ça s'est vu ?
Les petits idéaux, les idées étriquées,
Voilà ce qui sied à ta cervelles frileuses.
La fantaisie, déjà, c'est trop te demander.
La vexation, l'offuscation, l'humeur bilieuse...
Ce sentiment qu'on a, couché avec les poules,
Envers les indigents chantant dans les traboules.

DE GUICHE

Tu ris, mais quelque part, je pourrais ! Par le Christ !
J'appartiens aux puissants à qui rien ne résiste !

LA STATUE

Oui, tu bombes le torse, loin de tes ennemis !

DE GUICHE

A ma vue, l'adversaire, est frappé d'anémie.
Car mon nom fait trembler ! Tel celui d'Alexandre !
Et ceux qui me défient, je les réduis en cendres !

35

LA STATUE

Défaillez, mes marquis comme un vol d'étourneaux !
Voici venir vers vous le plus gros des oiseaux !
Non ce n'est pas un aigle, une autruche, un émeu !
C'est le roi des dindons, au gloussement fameux !

DE GUICHE

Assez ! Tu fais la fière, dans ton habit de nacre.
Ton feutre est tout mité ! Et tu sens le picrate !
Ceux qui parlent en ton nom sont des brutes obtuses !
Tu t'imagines pure, mais tu n'es qu'une excuse,
On t'agite, lanterne, au front des ombrageux,
Pour leur donner du cœur, on les contrôle mieux,
Mais c'est moi qui décide où porte ta lumière.

LA STATUE

Si c'est aussi facile, pourquoi donc cette aigreur ?
...
Je ne suis pas tienne, même si tu es fier,
L'idéal que j'incarne est comme une vapeur
Qui laisse les mains vide à qui voudrait la prendre.
Quel que soit ton pouvoir : je ne suis pas à vendre.

DE GUICHE

Pourtant, il fut un temps, si je l'avais voulu...

LA STATUE

S'il a pu exister, ce temps est révolu...

DE GUICHE

Je n'avais pas seize ans, du courage en pagaille !
Rêvant de beaux lauriers et couronné de paille.
Tu ne me fuyais pas. Derrière ton sillage
Un parfum de safran flottait tel un nuage.
Je me suis présenté, pour être mousquetaire !
L'attente du combat pulsait dans mes artères !
J'imaginais l'armée cachée parmi les ombres,
Je pénétrais ses lignes, avec un petit nombre

De résistants gaillards, dissimulant sous cape
Assez de poudre pour fendre en deux une montagne.
Je déclenchais la bombe dans un tunnel de sape.
Je sautais des corniches, grimpais aux barbacanes.
Tous mes alliés grisés se retournaient vers moi
Et scandaient :

LA STATUE, imitant les compagnons

C'est Antoine ! Un héros ! Oui ! Vivat !

DE GUICHE, se rapprochant

M'aurais-tu accepté, sortant de cet exploit ?

LA STATUE, poussant un soupir de regret éloquent

Ne refais pas le monde. Ne te torture pas...

DE GUICHE

La guerre fut annoncée, je me sentais des ailes.
Quand mon père me trouva et me dit, solennel :

LA STATUE, imitant le père de De Guiche

Ta valeur m'est connue, et tu vas la prouver !
Je trouvé une place auprès des officiers.

DE GUICHE

Mais père, mes compagnons ? Serai-je de ces meneurs
Qui pour sauver leurs hommes, périssent au champ d'honneur ?

LA STATUE, imitant le père de De Guiche

Le prestige des gradés s'obtient au campement !
Mais note mon propos, et suis bien ce conseil,
Des grands seigneurs que tu suivras diligemment,
Attire l'attention, flattes bien les oreilles.
C'est sur ces précautions que grandira ton nom.

DE GUICHE

Oui père, comme vous avez... raison... c'est vrai "Raison".
Un compromis lissant le terrain du suivant,
Au fur et à mesure que la gloire me hissait.
Mon glaive me paraissait plus lourd et moins vivant.
Une plume vaut mieux... vois ces lettres de cachet.

LA STATUE

Tu dénigrais bien vite le parfum de l'ivresse
Pour ce navrant ersatz, en marbre qui t'oppresse.
Je suis le souvenir...d'un passé qui te hante.

DE GUICHE

Que ne pourrais-je vivre guidé par la tourmente !
Vois. Ce ciel, les étoiles, comme dans ma jeunesse.

LA STATUE

Souvenir là aussi, elle sont inaccessibles.

DE GUICHE

La lune brille si fort, blanche comme du lait d'ânesse.
Sous cet augure on sent une force invisible.
Te rappelles-tu de cette enragée au théâtre ?
Je vais la retrouver ! Tout lui dire et me battre !
Je lui dirai : "je suis le vil commanditaire
Qui fit taire ton ami". Nous croiserons le fer.
Et le sang répandu au cours de ce duel
lavera mon honneur, taché dans la ruelle
Où Cyrano périt.

SCÈNE 3 : LE FLAGORNEUR

VALVERT, DE GUICHE, LA STATUE

VALVERT, *toquant à la porte*

Votre magnificence ?
J'ai ici un sujet qui requiert votre science.

DE GUICHE

Oui...de quoi s'agit-il ?

VALVERT

Ce poète malappris,
Je m'écrase en excuses...hélas son nom m'échappe...

DE GUICHE

S'agit-il de Lignière ?

VALVERT

Votre vitesse d'esprit,
Me laisse toujours coi ! Lignère ce sac de frappe !
Compositeur d'un air qui nous embarrassa...
Dont il était prévu qu'on se débarrassât.

DE GUICHE

J'avais posté cent hommes, les plus vils, les moins tendres,
Hier porte de Nesle cachés pour l'y attendre.

VALVERT

Alexandre moderne, stratège sans égal !
Je ne doutais pas que le plan fut magistral !
Le bruit a bien couru sur la soirée dernière...
Oh...comme il fut rossé ce coquin de Lignière...
Mais pendant la mêlée, vint un impondérable...
Une escrimeuse hardie qui se fit grain de sable.

DE GUICHE

Tiens donc ? Son nom ?

VALVERT

Le Bret

DE GUICHE, *stupéfait*

L'amie de Cyrano !

VALVERT

Alors que nos gaillards sortaient leurs arsenaux,
La Valkyrie monta à l'assaut de nos reîtres. Lignière en profita,
le lâche, pour disparaître.
Non sans mal !

DE GUICHE

Et qu'est-il arrivé à Le Bret ?
C'est pour elle bien sûr que tu me consultait ?

VALVERT

Ô Jupiter terrestre à qui rien n'est caché !
Vous touchez toujours juste ! Elle se fit arrêter.
Emportant avec elle dix de vos lieutenants.
Elle fut touchée cinq fois tout en les retenant,
Il fallait la recoudre pendant qu'elle se battait !
Ils furent tous embarqués pour la nuit par le guet.
Il serait bien fâcheux que dévide quelqu'un
Tel un fil d'Ariane le fil de cette histoire...
Une personne au secret n'en dévoilera point...

DE GUICHE

C'était des durs à cuire ! A la violence notoire !
Vaincue elle mordait encore comme Cerbère.
Il faut intervenir et que je la libère.

VALVERT, *croyant à une plaisanterie, éclate de rire.*

Ô divin Apollon ! Quel bon mot, ma parole !
Vous savez réjouir mes pensées inquiètes
D'un rire franc et sincère.

DE GUICHE

Pourquoi trouves-tu drôle
D'admirer la bravoure ?

VALVERT

Fi...cette freluquette ?
Une soldate traînant dans la boue. Quelle vulgaire.
Vos louanges valent mieux qu'une telle va-t-en-guerre.

DE GUICHE

Je pourrais la défier !

VALVERT

Et vaincriez, bien sûr !
Mais que prouverait un combat gagné d'avance ?
Votre génie exige défi à sa mesure.

DE GUICHE

Tu parles de Roxane...

VALVERT, *pris de court*

Heu...

DE GUICHE

Quelle clairvoyance !
Voici une lettre de cachet toute faite.
Le Bret : à la Bastille !

VALVERT, *saluant*

Je suis votre estafette...

DE GUICHE

Fais aussi enfermer nos hommes.

VALVERT

Les rescapés ?

DE GUICHE

Ceux qui firent l'erreur de se faire attraper.
Je hais l'incompétence.

VALVERT

Bien, j'y vais

DE GUICHE

                              Pas si vite.
Que fais-tu de Roxane ? Elle attend une visite.
Révisons. T'es-tu bien chargé de son valet ?

VALVERT

Certes, il est à l'hospice, en pleine convalescence,
Il est tombé tantôt depuis son chevalet :
Celui qui l'a poussé est de mes connaissances.

DE GUICHE

La plaindre entamera notre conversation,
Nous glissons sur ses proches...madame de Courson ?

VALVERT

Sa grande confidente ! Désormais à Florence.
Un mariage arrangé ?

DE GUICHE

A mon cousin Maxence.

VALVERT

Nous l'assurons tout deux de notre charité !
Je partage son trouble : moi aussi je subis
La pression d'un parent qui a comme lubie,
Le désir impérieux de me voir marié !

DE GUICHE

Bien que personne ne t'ai, à dire vrai, menacé !
De te couper les vivres si tu veux t'entêter.
Comme fait son grand-père, que je côtoie souvent.
Il la menace aussi d'un envoi au couvent !

VALVERT

C'est que monsieur, pardi, Ne l'a pas décidé !
On ne s'oppose pas à votre volonté !

DE GUICHE

Au fil des confidences, c'est sous un jour nouveau
Qu'elle fait la connaissance de ton alter ego.
Un parti point mesquin, de grande charité,
Capable sans entorse à sa grande probité,
D'un mariage de principe pour bouée de sauvetage.

VALVERT

Son père, décédé ne peut faire le voyage,
Alors vous, tel un chêne, figure paternelle,
Proposez votre bras pour marcher vers l'autel,

DE GUICHE

Il nous faut un cadeau. Des robes, ou un diadème ?
Une allusion subtile qui rappelle l'hymen...
Des dragées ? Au épices ! Que l'on découvre en bouche.

VALVERT

Cupidon téméraire, vos traits font toujours mouche !
...
Le doute pourtant m'effleure : Roxane est romantique...
Un mariage arrangé n'est pas fait pour lui plaire.
Que ferais-je d'une union où rien n'est authentique ?
Moi qui veux un foyer, un fils, des héritières,

DE GUICHE

Notre arrangement viole une ou deux convenances,
Mais quand on est puissant avec de l'influence,
On ne suit pas les règles du commun des mortels.
Et si Roxane rejette ce futur aux orties,
De secondes épousailles feront ta dynastie.

VALVERT

Et que dira l'Eglise ?

DE GUICHE

La rupture sera telle
Que ce que fournira ma générosité
Te fera oublier cette animosité
Que les gens porteront à ta réputation.
Moi Duc, tu seras comte ! Je sais tes ambitions...

VALVERT, *grisé*

Valvert...Comte...Mais Roxane voudra-t-elle l'adultère ?

DE GUICHE

Des que je serai libre, ce sera mon affaire.
Je t'offrirai bientôt comme cadeau de noce.
Un domaine isolé, à trois heures de carrosse
De toute compagnie, sauf moi, comme seul ami,
Elle ne s'obstinera pas dans la monogamie.
Et tout sera à toi je peux te l'assurer.

VALVERT, *s'enflammant*

Un manoir ? Et des terres ? Laissez moi le jurer !
Que s'il me naît un fils, je l'appellerai Antoine !
En votre propre honneur, ô Zeus omnipotent,
Et s'il porte vos traits, ce sera une manne
D'éduquer un enfant qui est de votre sang !

DE GUICHE, *lui-même un peu choqué*

C'est bien trop audacieux.

VALVERT

Point du tout ! Au contraire !
Vous serez en public son parrain débonnaire !
Votre ascendance sera une greffe salutaire
Sur l'arbre généalogique de mes pères !
Quelle gloire d'accueillir ce lionceaux triomphant !

DE GUICHE

Je n'ai jamais pensé à avoir des enfants...
En dehors du devoir ! Car Richelieu souhaite fort
Des pions pour son pouvoir...

VALVERT

Ô Hercule nicéphore [3]
Votre lignée éteinte, c'est Carthage qui brûle !
Homère qui de sa vie, atteint le crépuscule !
Sans avoir terminé de rédiger l'Iliade !

DE GUICHE

C'est décidé. Roxane tu seras ma croisade.

VALVERT

Chronos incandescent ! L'éclat de vos paroles,
Apprendra à l'enfant comment tenir son rôle.
Et entre vos visites, le soir, au bord du lit...
Je lui dirai : "souris, un grand homme t'apprécie !"
Avec un père comme vous, ce sera un prodige !
Héraclès et Zeus font à peine compétition.

DE GUICHE

C'est une noble quête

VALVERT

Digne de votre prestige.

---

3. Adjectif, de *Niké* : la victoire, et *Phoros* : le porteur. Synonyme de victorieux.

DE GUICHE

Dépêche toi mon ami d'accomplir ta mission.

VALVERT, *sur le chemin de la sortie*

A bientôt chez Roxane, Ulysse jupitérien.

DE GUICHE

Fais ton travail, mon pion

De Guiche se retourne vers la statue

Qu'est ce que tu as ! ?

LA STATUE

Mais rien...

INTERLUDE : CHRISTIAN ET LES CADETTES

CHRISTIAN, CARBON DE CASTEL JALOUX, FRACAS,
MYSTÈRE

*Une rue de Paris, où Cyrano est mort. Les cadettes
se recueillent. Entrée de Christian*

CHRISTIAN

Excusez-moi mesdames, je dois vous déranger,...
Je viens ici pour un capitaine rencontrer.
Carbon de Castel Jaloux,tel est-il nommé,
Sauriez-vous m'indiquer où l'on peut le trouver ?

> *Les femmes lui jettent des regards noirs, et retournent
> à leur recueillement sans lui répondre. Christian reste
> gêné, n'osant pas les interrompre d'avantage. Enfin,
> l'une d'elle se lève. Les autres se relâchent peu à peu.*

CARBON

Et quel est ce blanc-bec qui au pire moment
Interrompt sans vergogne notre recueillement ?

CHRISTIAN

C'est que... plates excuses... Christian de Neuvilette,
C'est ici qu'on m'a dit qu'on trouvait...

CARBON

Les cadettes.

CHRISTIAN, *surpris*

Hein ?

CARBON

C'est à tout à fait vrai : je suis la capitaine.
De ces fières soldates toutes issues d'Aquitaine.
Vous souhaitez ainsi joindre ma compagnie ?
Vous la trouvez ici, à pleurer un ami.
Posez-vous parmi nous, mais cela sans un bruit,
Nous ne sommes d'humeur...

CHRISTIAN, *à part*

Diable de compagnie
Et comment, désormais, les cadets s'encadettent ?
Mais voilà bien ma veine de me trouver ici !
Moi dont le sexe faible me coupe la luette !

Murmurant, vers Carbon :

Comment donc les cadets perdirent caleçons ?
Et devinrent cadettes, à dentelles et jupons ?

FRACAS, *rugissant*

A dentelles et jupons ? C'est qu'il cherche à tâter,
Avec son fondement, brutalement mon pied !
Nous sommes dames certes, mais surtout guerrières,
Notre unique devise : ne pas se laisser faire !
Et du genre masculin n'acceptons la venue
Que de ceux qui ont su nous prouver leurs vertus.

MYSTERE

Nous pleurons en ce jour, le seul parmi les hommes
Qui eut l'honneur d'être cadette de Gascogne.

CHRISTIAN

Mais c'est qu'enfin on m'a tant vanté les cadets...

CARBON

Vos nouvelles monsieur, sont assez dépassées !

FRACAS

Cela fait de longs mois que nous n'eûmes besoin
Pour nous faire comprendre, de pousser le tsoin-tsoin,

MYSTERE

Tout bien considéré, quoi de mieux qu'aujourd'hui
Pour chanter la chanson que Cyrano nous fit ?

CARBON, *ordonnant à ses soldates*

En son hommage dames, poussons la chansonnette,
Fracas, Mystère, en piste, présentons les cadettes :

TOUTES, *en chanson*

Nous sommes cadettes de Gascogne
De Carbon de Castel Jaloux.
Bretteuses, menteuses et sans vergogne,
Nous sommes cadettes de Gascogne !
Parlant blason, lambel, bastogne,
Plus subtiles que des filous,
Nous sommes cadettes de Gascogne,
De Carbon de Castel-Jaloux.
Nous sommes cadettes de Gascogne,
Il fut des cadets avant nous,
Ducls, prison, baston d'ivrognes,
Ils sont tous passés par le trou,
Mais les cadettes sont fortes têtes
Pour sauver l'honneur gascon.
Elles rappliquèrent à toutes gambettes
Et prirent la place de ces couillons.
Nous sommes cadettes de Gascogne,
De Carbon de Castel-Jaloux,
Tremblez moutons, pleurez carognes,
Dans tous les endroits où l'on cogne,
On ramène nos gueules d'ivrognes,
Et les hommes n'ont qu'à filer doux.
Nous sommes cadettes de Gascogne,
Et les hommes n'ont qu'à filer doux !

Hourras, applaudissements.

CHRISTIAN, *quand la troupe s'est calmée*

Cette chanson mesdames, m'a simplement charmé...
Les cadets, un par un, furent donc décimés ?

CARBON

Ils vécurent en lavant leur honneur dans le sang,
Mais à trop batailler, on meurt en peu de temps.
Nous ne pouvions laisser les cadets décliner.
Les cadettes, derechef, les ont tous remplacés !

FRACAS

Ceux qui nous opposèrent des arguments stériles,
On leur a fermé l'bec de manière peu subtile !

MYSTERE

Personne ne peut dire "Vous êtes moins vaillantes,
Moins fortes, moins bravaches, moins bonnes combattantes,
Que les frères aînés que furent remplacés !"
Celui qui s'y essaye, on lui brise le nez !

CARBON

Cyrano le premier loua notre courage,
Jusqu'au bout il resta, ne prenant pas ombrage,
D'être le seul cadet de notre compagnie,
Tous ceux qui médisaient, vaillant, il combattit...

CHRISTIAN, *l'interrompant dans sa tirade*

Puisqu'il en est ainsi, mon bras vous servira !
Pour sauver votre honneur, toujours je serai là.
Et qui se moquera aura affaire moi.

CARBON, *improvisant un conciliabule*

Ça mais ! Veut-il se croire l'égal de Cyrano ?
Notre honneur n'a besoin d'aucun impresario !

MYSTERE

Si encore il était de la bonne région,

FRACAS

Ou bien s'il arborait un peu plus de tétons !

CARBON, *faisant taire les rires gras de sa compagnie*

Faisons lui donc passer son examen d'entrée !
Sur ses capacités, nous serons vite fixées.

MYSTERE, *se tournant vers Christian*

Eh bien, petit bretteur, montre-nous ta valeur.
Dégaine ton épée, et fais preuve d'honneur,
Mais tu ne sauras battre aucune d'entre nous,
Rien qu'à nous regarder tu trembles des genoux !

CHRISTIAN

C'est faux ! S'il faut, je vous le montrerai !

FRACAS

Ah ouais ?
A laquelle de nous veux-tu te mesurer ?

CHRISTIAN

Enfin, c'est ridicule ! Attaquer une femme !
L'honneur me l'interdit !

FRACAS, *lui tournant autour*

C'est la peur qui te calme ?
Mais ne crains rien mon bon, je retiendrai mes coups,
Je m'en voudrai d'amocher un visage si doux !
N'aie pas peur, je te dis, viens et sors ton épée.

CHRISTIAN

S'il faut je me répète : contre une femme, jamais !

FRACAS

Ça voudrait sans lutter se voir intronisé ?
Tant que tu n'auras pas dégainé cette épée,
De notre régiment, tu n'auras que le nom.

CHRISTIAN

Je combattre enfin, que vienne un Apollon,
Et je le cloue tenant au bois de ce poteau,
Pour cela, pas de doute, prenez-moi donc au mot,
Mais lever contre vous, sexe faible, une épée,
C'est au-delà madame de mes capacités !

FRACAS

Eh bien, mon grand garçon, tu parlais de rubans ?
Avec des yeux pareils, tu dois, cela s'entend,
Plutôt courir après que te battre vraiment.
Tu veux aller pleurer dans ceux de ta maman ?

> *Christian est piqué au vif et dégaine. Fracas trébuche de surprise.*

FRACAS, *dégainant elle aussi*

Tiens tiens, mais que voilà, le chaton sort ses griffes ?
Eh bien il était temps, tu étais bien rétif !
Qu'ai-je donc proféré, pour que sans prévenir,
Tu te décides enfin à tenter de périr ?

> *Combat. Christian se défend et met Fracas en difficulté mais ne peut se résoudre à contre-attaquer. Fracas en profite et verse le premier sang.*

CARBON, *s'interposant pour éviter des blessures inutiles*

Arrêtons-là, Fracas, il n'est aucun besoin,
Pour prouver sa valeur de poursuivre plus loin.
Monsieur de Neuvilette, la preuve en est bien faite,
Vous ne ferez jamais partie de mes cadettes.
Veuillez nous laissez à notre recueillement,
Allez donc supplier un autre régiment.

> *Christian rengaine son épée, et quitte la scène, la tête basse.*

Acte III

Chez Roxane. Maison bourgeoise décorée avec goût et sobriété. Une table installée pour recevoir. Sur celle-ci : du thé, des gâteaux, un paquet bien présenté apporté par Valvert, de la porcelaine. Autour : un ottoman et deux chaises. De l'autre coté de la scène on distingue deux robes apportées en cadeau par De Guiche. Une sortie communique avec la porte d'entrée, l'autre avec l'arrière cour.

SCÈNE 1 . LA VISITE DE COURTOISIE

VALVERT,ROXANE,LA DUÈGNE,DE GUICHE

Les personnages sont assis dans un silence glacial que Valvert tente de briser. Roxane porte le deuil. La Duègne montre de l'hostilité sous une cordialité de bienséance. De Guiche est assis avec majesté et montre un intérêt distant. Toussotements, raclements de gorge.

VALVERT

Quelqu'un veut un biscuit ? Ou peut-être une orange ?

ROXANE

Allez-y S'il vous plaît

LA DUEGNE

Si cela vous arrange,
Vous nous faites une visite presque tous les dimanches :
Vous êtes ici chez vous. Videz donc cette planche.

VALVERT

Je n'ai pas tellement... faim et c'est un cadeau.

ROXANE

A votre gré, monsieur, vous êtes un invité !

LA DUEGNE

Vous resterez longtemps ? Nous n'avons plus de thé.

VALVERT

Je n'en prends pas le soir, auriez-vous de l'eau ?

LA DUEGNE, *lui servant un verre*

Tenez

VALVERT

Merci

Un silence pesant s'installe

Votre eau est fraîche !

ROXANE

C'est vrai.

LA DUEGNE

Elle l'est.

VALVERT

Je dois faire un aveu, en invité zélé
Cette visite n'est pas comme les précédentes.

ROXANE

Vous me voyez navrée car le chagrin me hante
Vous indispose-t-il ? Ce deuil est si nouveau !

VALVERT

Ce n'est pas mon propos ! Je soulignais plutôt
La clémence d'esprit qui nimbe votre accueil.

LA DUEGNE

C'est la tristesse : jeudi, on portait le cercueil.

VALVERT

Les circonstances amères nous font tous réfléchir,
Et je sentais, peut-être, vos positions fléchir...
Pourrais-je me hasarder à vous redemander ?

ROXANE

Ma main ?

LA DUEGNE, *bas à Valvert*

Je n'irai pas vous le recommander.

ROXANE

C'est cela ? toute une heure que vous nous abreuvez
De nouvelles réchauffées ou de mondanités,
Et comment en tout point la chance vous sourit.

VALVERT

Je ne puis taire madame, la joie qui est la mienne,
D'une situation ...que je veux partager.

ROXANE

Étonnant, moi non plus je ne puis taire la peine
Que le recueillement seul pourrait soulager.

DE GUICHE

C'est bien ce sentiment qui ici nous motive
Car les foules se pressent aux occasions festives ;
Les vrais amis, plus rares, regrettent votre rire :
Il vous suivait partout, on ne peut plus l'entendre.

ROXANE

La rumeur, cependant, ne vous dit pas si tendre...

DE GUICHE

Devant un tel spectacle, le cœur le plus glacial
Commencerait à fondre, à moins d'être bestial.
Je vous vois sinistrée, esseulée, sans argent,
Entamer le long deuil d'un regretté parent.
Sauriez-vous d'ailleurs s'il avait quelque dette ?

ROXANE

Celles de cœur, je les paye, celles d'honneur, les cadettes !
Je ne lui connais pas d'autres affaires en suspens.

DE GUICHE

Les murs ont des oreilles mais de mauvais tympans !
On m'a dit que peut-être vous deviez emprunter ?

ROXANE, *piquée au vif*

Comment monsieur ! ? Qui vous l'apprit !

DE GUICHE

                       Mais...un banquier...
Ne vous inquiétez pas quant à ma discrétion :
Jamais ces confidences ne franchiront mes lèvres.

ROXANE, *se rattrapant avec émotion*

On vous aura menti !

DE GUICHE, *cruel*

Vous tremblez ? c'est la fièvre ?
Êtes-vous bien remise de vos émotions ?
La mort de Cyrano fut un drame pour tous,
Je n'ose imaginer quel choc ce fut pour vous.
N'en tombez pas malade !

ROXANE

J'ai une santé de fer.
Quel dommage, un peu plus de cette matière
Chasserait les fâcheux plus vite que les miasmes.
Et sans avoir recours à quelque cataplasme.

DE GUICHE, *très intéressé, joueur*

Ce froid métal dégage des flammes à profusion !

ROXANE

Le fer dans mes veines est une lave en fusion.

VALVERT, *gaffeur*

Ha ces méridionaux !

ROXANE, *assassine*

Je connais mes ancêtres,
Ce qu'une particule achetée par faveur
Ne doit pas vous permettre.

VALVERT, *Se trahissant puis rattrapant son erreur*

Ce ne sont que deux lettres !
...
C'est un mensonge odieux semé par la rumeur !

S'adressant à De Guiche

Monsieur saura vous dire que mon nom est sans tache.

DE GUICHE, *après avoir considéré un changement de stratégie*

Ça oui ! il est tout neuf ! Tu ne l'abîmes guère...

VALVERT

Je...

DE GUICHE

Mais concède-le ! Elle a touché un nerf !
Cette saillie madame était un coup de hache.

VALVERT

Mais... ! Oh !....Enfin !

DE GUICHE

Vas-y ! achèves donc ta phrase.
Si j'étais à la chasse, je croirais voir la hase.
En cas de le mariage, j'espère que les enfants
Au niveau de l'esprit tiendront de leur maman.

VALVERT

C'est inconvenant !

DE GUICHE

In-con-venant....combien de mots ?
Trois, non ? Comme les lettres, qui forment le mot "SOT".
Quelle mine contrite ! Je plaisante Anatole !
A ton tour ! Réponds-moi, n'as-tu pas quelque trait ?
Un calembour moqueur ? Une belle parole ?

VALVERT, *pétrifié*

Enfin !

LA DUEGNE, *s'adressant aux deux hommes, très embarrassée*

Permettez-moi de vous raccompagner.

Ils sortent par l'entrée. De Guiche fait demi-tour pré-
textant avoir oublié sa canne

SCÈNE 2 : SEUL À SEULE

ROXANE, DE GUICHE

DE GUICHE

Ma Canne !

ROXANE

Vous fustigez donc vos admirateurs ?
De votre sang aussi on ressent la chaleur.

DE GUICHE

Il est froid, la brûlure est celle du vitriol.
Ce n'est pas une gloire de saper Anatole...
Mais ainsi j'apprécie seul votre compagnie.
Notre conversation me tenait captivé.

ROXANE

Pardon ?

DE GUICHE

Des sentiments peuvent se raviver
Quand ils sont attisés

ROXANE

J'ignore si j'ai compris.

DE GUICHE

Vous ne voyez en moi qu'un seigneur, le pouvoir,
L'homme de cours cynique œuvrant depuis le noir.
Pourquoi ne serais-je pas, moi aussi...fatigué
Des assauts des flatteurs que je dois endiguer ?

ROXANE

Quel fardeau que le vôtre : la richesse, le respect...
Est-ce une de vos ruses ? Tenter m'apitoyer ?
Cette sincérité m'apparaît fort suspecte.

DE GUICHE

C'est mon rôle ? Tout tenter pour vous faire ployer ?
Un diable dont jamais, on ne sait la nature
A force qu'il empile des masques l'un sur l'autre ?
Vous vous trompez madame

ROXANE

Eh bien je n'en ai cure !
Dussiez-vous être honnête ma pitié n'est pas vôtre.
Je supporte bien assez de douleur en silence.
Cessez donc de vous plaindre !

DE GUICHE

Gardez votre indulgence,
Je ne compare pas mes troubles à vos tourments,
Je veux juste exprimer mes propres sentiments.

ROXANE

Quoi que vous recherchiez ou que pour vous je sois,
Je suis une enveloppe creuse

DE GUICHE

N'en jugez pas...
Malgré votre affliction je ne peux qu'admirer
Cet Esprit, cette grâce qui me font soupirer.
En vous je reconnais l'égale de moi-même,
Vous faites l'indifférente, et pourtant je vous...

...estime très sin-
cèrement. [4]

ROXANE

Freinez cette affection elle n'est pas réciproque.

---

4. On aurait attendu *"Je vous aime"* si les alexandrins avaient étés respectés.

DE GUICHE

Mais je le sais madame, je suis sans équivoque,
Vous aimeriez sans doute voir les choses contraires :
Que Cyrano soit là et moi au cimetière ;
Ce n'est pas votre choix, l'univers est injuste.
Vous sombrez, je le vois, et je veux l'empêcher :
Depuis la berge tendre une poignée robuste.

ROXANE

Je ne crains pas la ruine, seulement le déshonneur.

DE GUICHE

Voyons ! Soyez lucides face à votre malheur,
La fierté et le jeûne conviennent aux fantassins,
Votre endurance n'est pas celle de votre cousin.

ROXANE

Je me ferais vestale avant de vous céder !

DE GUICHE

Ne soyez pas butée ! Je souhaite vous aider.
Je ne cherche qu'à faire, de loin, votre bonheur,
Même sans un espoir d'une place dans ce cœur !
Croyez en ma franchise c'est elle qui me gouverne.
Si vous abandonniez le monde serait trop terne.
Pourquoi vous saboter ! ? Comme ça ? Par fierté !
S'il vous plaît, choisissez en toute liberté
Sans faire à la fortune toujours un pied-de-nez.
Au fond de vous, je sais que vous me comprenez.

De Guiche sort.

SCÈNE 3 : TRAGICO

LA DUÈGNE ,ROXANE

LA DUEGNE

Il aura mis le temps ! Allez oust, et dehors !
Ces comtes et ces marquis : pires que des doryphores.
Ouh ! Comme ils sont partis, plus besoin de jouer
Aucune comédie ! Voyons donc ces dragées...

ROXANE

Il a raison...

LA DUEGNE, *la bouche pleine*

Qui ?

ROXANE

De Guiche

LA DUEGNE

Oublie ce vendu,
C'est surtout un vaurien à la langue bien pendue !
Moins bête que son marquis, mais du même tonneau !
La seule chose qu'ils veulent, c'est te passer l'anneau.
Ta main mérite mieux.

ROXANE

Qu'importe mes vertus.
Entre ces deux chemins lequel préfères-tu ?
Céder à leurs demandes ou entrer au couvent ?
J'ai le corps jusqu'au cou dans les sables mouvants.
Soit je prends cette perche, soit je me laisse sombrer...

LA DUEGNE

Ma petite, je comprends : tu te sens effondrée.
Mais tout n'est pas si noir, tu peux me faire confiance.
Tu as encore le choix avant qu'on te fiances
Et le couvent n'est pas une mauvaise vie...

ROXANE

Qui paiera mes suivants si je m'y réfugie ?
Je sais pouvoir subir, tout en restant stoïque,
La ruine et la misère dont le destin m'accable.
T'entraîner dans ma chute ce n'est pas supportable.

LA DUEGNE

Tu n'es pas obligée d'être aussi héroïque...
Je suis vieille, c'est vrai, mais toujours vigoureuse.
Je peux souffrir un peu pour que tu sois heureuse.

ROXANE

Mais à quoi bon lutter ? Je me sens si aride.

LA DUEGNE

Ma petite Roxane...

ROXANE, *en sanglots*

　　　　　　En moi n'est que le vide !
Que garder de ma vie qui me rendra heureuse ?
Quelle joie de fréquenter les amies précieuses !
Elles débordent d'Esprit ! Où est leur compassion ?
Leur langue experte fait l'autopsie des passions
Pour peu qu'elles ne provoquent guère plus qu'un frisson,
Qu'on puisse les écarter d'un rire polisson.
Parmi tous les chemins pourquoi ne pas choisir
D'assurer ton futur, puisque je dois souffrir ?

LA DUEGNE

Allons, Roxane, viens là, chasse tes pensées lugubres,
Tu t'encombres l'esprit de vapeurs insalubres.
Quand on l'attend le moins, le vent tourne toujours,
La nuit la plus obscure donne naissance au jour.

ROXANE

Tu es gentille Duègne, mais comment puis-je y croire ?
Tes conseils ne me donnent aucune échappatoire.

LA DUEGNE

Guérissons les symptômes pour affaiblir le mal.
Commençons par tarir ce torrent lacrymal.
J'avais gardé caché quelques pâtisseries
Achetées aujourd'hui à la boulangerie.

ROXANE

Duègne, non, s'il te plaît, je ne suis pas d'humeur.

LA DUEGNE

C'est un fin stratagème pour leurrer tes charmeurs :
Nous allons t'engraisser ! T'enfler comme un tonneau,
Nul ne proposera à ton doigt un anneau !

ROXANE

Duegne ! Comment oses-tu !

LA DUEGNE

                   Sans aucune vergogne !
Si je peux empêcher que tu ne te renfrognes.
Ma manœuvre a fait mouche ! Je distingue un sourire.

Silence serein et rassurant

ROXANE

Merci ma confidente.

LA DUEGNE

                  Te voir te réjouir
C'est une récompense.

SCÈNE 4 : ROCAMBOLESQUE

FRACAS, CARBON DE CASTEL-JALOUX, LA DUÈGNE,
ROXANE, LE BRET, LE GARDE *(d'abord une voix
derrière la porte)*

FRACAS, *pénétrant vigoureusement dans le logis par
l'arrière-cours*

Holà ! De la maison(g) !

CARBON, *Avançant à sa suite*

Excusez-nous mesdames, ce ne sera pas long.
La milice nous poursuit ! Et pour nous en soustraire,
Nous sommes entrées ici pour pouvoir les distraire.
Ils criblent le quartier mais ignorent quel dédale
Nous avons emprunté

LA DUÈGNE

Sauvageonnes ! Vandales !
J'avais fermé la grille ! Vous l'avez démolie ?

FRACAS

Non !

CARBON

Nous l'avons ouverte sans rien avoir sali !
Cyrano connaissait le secret du loquet,
Il a confié cet art à notre amie Le Bret.

LE BRET, *titubante, cachant comme elle peut une blessure au
ventre*

Mesdames, pour vous servir !

ROXANE

Cette chemise ? Du sang !

LE BRET

Ma blessure s'ouvrit, tout à l'heure en glissant.
Ne vous inquiétez pas ce n'est qu'une éraflure,
Il y a encore les fils, pour refaire la suture.

FRACAS

Oui nous avons glissé ... des tours de la bastille
Sur une corde raide

LA DUÈGNE

Vous ne pouviez marcher ?

FRACAS

Pardi ! Et s'enfiler les carreaux des archers !
On les a fait courir ! C'est-y pas vrai les filles ?

CARBON

Ha ça...

LE BRET

Bien vrai...

ROXANE

Cela ne peut être sérieux !

CARBON

Nous expliquerons plus tard tous les détails
Car à trop discuter, on attire les curieux !
Régiment ! Par l'avant ! Filons par le portail !

VOIX DERRIÈRE LA PORTE, *Toquant à l'entrée principale*

Ouvrez ! Au nom du roi !

CARBON

Trop tard ! Malédiction !

LE BRET

Ma blessure vous retient ! Fuyez !

FRACAS

Interdiction !

CARBON

Nous en sortirons toutes ou tomberons ensemble !
Mes excuses mesdames ! Je prends les choses en main !
Préparez l'embuscade !

LE BRET, *ne tenant pas debout*

Dieu ! Mes chevilles tremblent...

FRACAS, *rejoignant Carbon*

Nous combattrons à deux ! Faites entrer ces gredins !

ROXANE

Ha non ! J'en ai assez ! Ne faites entrer personne !

VOIX DERRIÈRE LA PORTE

Tout va bien ? Vous ouvrez ?

LA DUÈGNE, *s'approchant*

J'arrive ! Est-ce que l'on sonne ?

ROXANE, *geste au dessus de sa tête*

J'en ai par dessus-là ! Vos grandes stratégies !
Les duels, le tapage, les cascades, et le reste.
Eloignez-vous de là ! Allez ! On réagit !

CARBON

Je me dois d'insister. Il faut...

ROXANE

Rien du tout !

FRACAS

Peste !

ROXANE

Vous défendez le genre de votre compagnie,
Prétendez valoir mieux que vos frères et maris !
Mais devant les embrouilles, c'est la même garbure !
Foncer tête première ! Si possible droit au mur !
Mon cousin n'a pas su mater vos sales caboches ?
Moi je prends le relais !

FRACAS

Elle nous sonne les cloches !

ROXANE

Sous mon toit, on m'écoute ! Et personne ne mourra !
Il n'y a aucun honneur à courir au trépas !

Vers Le Bret

Ni quand on est mourante, feindre être égratignée !

LA DUÈGNE, *feignant la sénilité, vers la porte*

Qu'est ce qu'il y a ?

VOIX DERRIÈRE LA PORTE

C'est la garde !

LA DUÈGNE

Je cherche la poignée !

ROXANE

Vous allez défaillir : allez ! Sur l'Ottoman !

Le Bret

Pardon ?

Roxane

Le canapé ! aux accoudoirs moelleux !

Voix derrière la porte

Ouvrez-moi ! Prestement !

La Duègne

J'y travaille, un moment !

Roxane, *vers Fracas*

Savez-vous converser dans un discours mielleux ?

Fracas

Pocapededious ! Oui !

Roxane

Sans jurer en gascon ?

Fracas

Ha ! Sans l'accent ! ? Jamais(g) !

Roxane, *vers Carbon*

Et vous ? Est-ce possible ?

Carbon

La Gascogne est patrie des plus fortes émotions :
La fureur, mais aussi celles jugées plus sensibles.
Et pour l'Esprit, j'ai fait mes classes

Voix derrière la porte

On s'impatiente !

69

La Duègne

J'ai fait tomber la clé !

Roxane, *se dirigeant vers les robes offertes par De Guiche*

Vous serez ma parente !
Ma cousine précieuse en visite à Paris.
Je vais chercher deux robes, pas d'idioties, compris ?

Voix derrière la porte

Ouvrez la porte !

Carbon

Cadettes ! En garde

Roxane

Qu'est ce que j'ai dit !

La Duègne, *retenant le garde*

Mais ne vous fâchez pas ! Seriez-vous un bandit !

Roxane, *vers Fracas*

Vous serez quant à vous une amie de salon,
Vous nous venez des Flandres, imitez le teuton.

Fracas

Je ferais de mon mieux(g) !

Roxane, *joignant le geste à la parole*

Enfilez ces vêtements !
Seigneur ! Vous êtes musclée ! Quel corps !

Fracas

L'entraînement !

Roxane est obligée de déchirer le tissu pour faire passer sa robe sur les larges épaules de Fracas

ROXANE

Un châle sur les épaules, l'illusion est parfaite.

VOIX DERRIÈRE LA PORTE

Si je force la porte ? Vous serez satisfaite ?

LA DUÈGNE

Je ne puis le bloquer...

ROXANE

Venez à mes côtés !
Vous êtes parmi nous, pour sûr la plus douée
Pour donner à Le Bret des soins rudimentaires.
Prenez de l'eau, des linges, et cachez sa crinière
De sorte que l'on voit le sang sur son bas ventre.

ROXANE

Voila, je viens ouvrir !

VOIX DERRIÈRE LA PORTE

Dans dix secondes, j'entre !

*Le garde entre. Il porte une casaque pourpre des gardes
du cardinal*

LE GARDE

En voila des manières ! J'allais perdre patience ?

ROXANE

Mes excuses, vous entrez au plus mauvais moment !

LE GARDE

Je dois faire mon travail en toute conscience,
Ne vous inquiétez pas, il ne faut qu'un instant.

CARBON, *jaugeant des possibilités d'un embuscade*

Monsieur est venu seul...

ROXANE, *à Carbon. Murmurant entre ses dents*

Ses amis sont tout près.

LE GARDE, *sûr de lui*

Je cherche une évadée qui se nomme Le Bret.

Le Bret pousse un grognement de douleur (réel)

ROXANE

Il n'y a sous mon toit que de pauvres bourgeoises !
Réunies pour aider ma cousine reimoise,
Voyez : la pauvre dame est en train d'accoucher !
Il serait plus civil de partir à l'instant.

*Nouveau cri de Le Bret. Le garde vient inspecter et
la Duègne tente de l'écarter avec du sang.*

LA DUÈGNE, *tentant de faire partir le garde*

Dès le petit sorti, tu pourras te coucher !
Ne t'inquiètes donc pas de tous ces saignements.

LE BRET, *même jeu*

La douleur est si forte ! Je sens venir l'enfant !

FRACAS, *paniquée par la proximité du garde*

Macarelle !

Se reprenant sur le ton de la plaisanterie

Ach Teufel !

LE BRET

Ma demi-sœur descend
De Bruges pour m'assister. Merci à toi sœurette.
Reste plus près de moi !

LE GARDE, *interrogeant Fracas*

Le Bret : une cadette...

FRACAS, *l'injectivant avec véhémence*

Ick bin werken ! Raus ! Bevin Irk, Donnerswettir ! [5]

LE GARDE, *reculant vivement*

Mais enfin ! Impossible ! Que vient-elle de me dire ?

ROXANE

Vous voyez bien monsieur, qu'il ne faut pas rester !

LE GARDE, *s'approchant à nouveau de Fracas*

J'ai mes ordres ! Je dois tout perquisitionner !

ROXANE

Mais vous portez la pourpre ? Garde du Cardinal ?

LE GARDE

Si fait !

ROXANE

Et vous savez qui vous importunez ?
Avez-vous vu le fiacre posté près du canal ?

LE GARDE

Comment ?

5. Un sabir. Peut signifier : Je suis travail ! Sortez ! Dépêchez vous ! Au nom du ciel !

ROXANE

Antoine De Guiche, son neveu dévoué.
D'ailleurs il est parti chercher la sage-femme.

CARBON

Auriez-vous souhaité que nous le présentâmes ?
Allez-y capitaine, terminez votre fouille
Dans les moindres recoins.

ROXANE

Si vous êtes bredouille...
Richelieu saura que ceux qu'il a recrutés
Viennent voir sa famille pour la persécuter.

LE GARDE, *tentant de garder une contenance face à la panique*

Le nom qui vous protège est certes suffisant.
Vous ne sauriez frayer avec des malfaisants !

Le Bret pousse un cri de douleur (factice) terrifiant.

Mes félicitations pour votre nouveau-né.
Et toutes mes excuses.

Le Garde sort précipitamment

CARBON, *à Roxane*

Madame ! Vous m'étonnez.

Instant de soulagement et de célébration

SCÈNE 5 : VICTORIEUSES

Les mêmes, moins LE GARDE

CARBON

Au nom du régiment, je dois vous remercier.

FRACAS

Il est parti si vite qu'il en a oublié
Quelque chose derrière lui !

LA DUÈGNE

Mais quoi donc ?

FRACAS, *se tapant la cuisse*

Sa superbe !
Rien qu'à voir la panique sur cette mine acerbe !

Fracas mime le garde avec une grimace

ROXANE, *encore sous le choc*

Grand dieu...ça a marché ?

FRACAS

Bien mieux(g) ! Ça a couru !

CARBON

Un toast à la précieuse qui nous a secourues !

ROXANE

C'est comme ça tous les soirs dans votre régiment ?

FRACAS

Bien souvent, on fait pire, on s'ennuie sans piment.

LA DUÈGNE

D'un tel ragoût, je fais régime. Que dieu me garde !

LE BRET

Ce soir sortait du lot : pardonnez ces vantardes,
D'habitude on en reste aux rixes de taverne.

FRACAS

A quoi bon l'anecdote sans quelques balivernes !
Ton séjour en prison t'aurais rendu nordiste ?

LA DUÈGNE, *regardant dehors au quatrième mur*

Ne criez pas trop fort, car ils flairent vos pistes.
C'est bon il est parti, il faudrait s'expliquer !

CARBON

Le Bret, notre héroïne, fut enfermée à tort
Contre un dessous de table par un préfet retors.
Et devant l'injustice ! Il fallait répliquer !

LA DUÈGNE

Et par quelle entourloupe alliez-vous vous blanchir ?

CARBON

Nous avons un plan !

LA DUÈGNE

Oui ?

CARBON

Laissez-moi réfléchir.

LE BRET

Je suis le seul danger : toutes portaient des loups.
Si on pense aux cadettes, sans un témoins formel
Rien ne sera prouvé.

CARBON

La troupe est dans le coup.
L'alibi : nous buvons ensemble un hydromel.

ROXANE

Alors il faut vous dépêcher de les rejoindre.
Avec ces déguisements, le risque sera moindre.

LA DUÈGNE

Notre évadée devra rester.

ROXANE, *tirant une conclusion*

On la recherche...

LA DUÈGNE

Il faudrait la tirer au moyen d'une perche.
J'ai fermé la blessure, plus de folie ! Pitié !
Quand à vous mes mignonnes, je serais du trajet !
Je pourrais vous guider : je connais le quartier.
On importune pas dame comme moi.

FRACAS

Âgées ?

CARBON

C'est entendu alors, sachez que les cadettes
N'oublieront pas vos actes !

FRACAS, *la prenant vigoureusement dans ses bras*

Tu es notre vedette !

Les cadettes sortent accompagnées de la Duègne

SCÈNE 6 : LES PRÉCIEUSES GUERRIÈRES

ROXANE,LE BRET

ROXANE

Comment vont vos blessures ?

LE BRET

Je ne pourrais m'en plaindre !

Quitte ce "vouvoiment" ! Inutile de le feindre :
Nous étions condamnées sans tes braves saillies.
Je refuse de dire "vous" quand je te dois trois vies !
Tu es ma camarade.

ROXANE

Je vous...

Roxane se reprend.

t'en remercie.

Je ne peux faire défaut à l'ancienne compagnie
De mon défunt cousin.

LE BRET

Puisse-t-il, là haut, t'entendre !

Le Bret pousse un soupir

Depuis qu'il est parti, tout a un goût de cendre.

ROXANE

Il te manque ?

LE BRET

C'est pire...je n'en dors presque pas.

La révolte est en moi ! Il est parti si tôt !

ROXANE

Je le regrette aussi...

LE BRET

Me laissant sur les bras
Une dette infinie,

ROXANE

Ce pauvre Cyrano...

LE BRET

Sais-tu que j'ai été la première des cadettes ?
Tous ces mâles ombrageux voulaient me faire la fête !
J'ai dû en mater trois juste pour qu'on m'écoute.
Mais ce fut Cyrano qui calma cette troupe.
En vantant mon audace je le vis haranguer
Que j'étais leur égale. Nul n'osa contester.
...
Toi aussi tu le pleures : tu es toujours en noir.

ROXANE

Ma vie, toute entière, attire le désespoir.
Si je porte le deuil, il me défend toujours ;
Son image me protège des fâcheux, des vautours.
Mais si je dois dire vrai, je voudrais l'oublier.
Il faut laisser aux morts le temps de s'en aller.
Je veux le croire en paix.

LE BRET

Et tu peux t'en convaincre ?

ROXANE

Ce drame est derrière nous.

LE BRET

Nul ne pouvait le vaincre,
Et pour l'éliminer, il fallait l'accident !

ROXANE

Pandore, ferme cette boite! Tu y briserais tes dents!
Oui, le doute persiste, mais vas-tu te détruire
Pour des suppositions?

LE BRET

Roxane...je dois te dire...
C'est d'un assassinat dont Cyrano est mort!

ROXANE

Cette obsession, encore ...

LE BRET

Certes mais pas à tort!
Pendant ma garde à vue, j'ai pu faire avouer
Une brute avec qui on m'avait enfermée.
Vu comme il a couiné, il ne m'a pas menti!

ROXANE

Tu me fais peur Le Bret, serais-je dans le déni?

LE BRET

On a vu parader deux malfrats plein de crasse
Un feutre à plume blanche sortant de leur besace.

ROXANE

Que leur avait-il fait?

LE BRET

Ils n'étaient que les bras!
Et la vrai responsable, elle se tient devant toi...

ROXANE

Quelle est cette marotte?

LE BRET

Pour se vanter du crime,
Un assassin clama "Sachez que ma victime
En refusant un duel a heurté un seigneur,
Qui nous confia la tâche, de laver son honneur".

ROXANE

C'est donc lui le coupable !

LE BRET

Un instant s'il te plait,
A cet affrontement il manquait Cyrano
Car j'interceptais le billet qui l'y conviait !
Le pli s'était ouvert, et je pu voir le mot !
Le champion abbatu, je craignais qu'il subisse
La revanche acharnée de ses proches enragés.
J'ai gardé la missive. Mon futur, c'est l'abysse :
Je vais creuser ma tombe après l'avoir vengé.

ROXANE

Qui envoya la lettre ?

LE BRET

Elle n'était pas signée,
Si tu veux, la voici.

ROXANE, *lisant*

"Chez Bergerac daignez,
M'affronter seul à seul ! Les duels sont proscrits,
Je tairais donc mon nom : pas de preuve à l'écrit.
Vous êtes il paraît docte ? Résolvez cette énigme :
La raison de ma haine peut paraître minime.
Car vous me bousculâtes un soir devant le Louvre,
Laissant glisser au sol une missive, une œuvre
Où se trouvait écrit l'objet d'une dispute.
Apportez vos témoins, ce soir, place des trois buttes."

LE BRET

Seul Cyrano pouvait connaître l'agresseur.

ROXANE

C'est De Guiche.

LE BRET

Comment-ça ? !

ROXANE

J'étais là, juste à l'heure,
Lors de la bousculade. Cyrano me quittait
D'une promenade où il me raccompagnait.
Quand à De Guiche il n'est jamais loin de mes pas,
Et je le vis pâlir, du pli qu'il ramassa.

LE BRET, *sourde*

Je vais le faire saigner comme un tonneau en perce !

ROXANE

Non !

LE BRET

Mais comment ça non ?

ROXANE

Il n'y a pas controverse !
Mener cette vengeance n'est pas ton privilège !

LE BRET

Tu comptes lui faire quoi ? Jeter un sortilège ?
Sais-tu manier l'acier comme un équarisseur ?

ROXANE

Il était mon cousin !

LE BRET

J'étais comme sa sœur !
Je dois réparation ! Roxane, je l'ai trahi.

ROXANE

Quoi ? Un instant plus tôt ce n'étaient que louanges !
Tu me devais trois vies ? J'en veux une aujourd'hui !
Tu trahirais une promesse qui dérange ?

LE BRET

J'honore tous mes serments mais il y a des limites !
Je dois à Cyrano plus de trois vies ! Petite !

ROXANE, *offusquée*

Petite ! ? On fait la grande parce qu'on a une épée ?
Ah la belle vengeance ! Si tu peux t'approcher
Du palais de De Guiche sans perdre tout ton sang,
Ni te faire massacrer par sa garde et ses gens,
Tu planteras ton dard au milieu de son front ?

LE BRET

C'est le meilleur moyen de laver cet affront !

ROXANE

Qu'auras-tu accompli ? Et aura-t-il souffert ?
S'il pleut le jour de le conduire enfin en terre,
On dira que les cieux se cachent le visage.
Que le monde est moins beau sans un aîné si sage.
On te comparera à une forcenée,
On t'appellera lâche, ou furie ou traînée !
Une fois exécutée, ta honte passera
Sur toute ta famille, les cadettes, tes amis !

LE BRET

Tu laisserais en vie ce chien ! Ce scélérat !
Je n'accepterai point de voir cette infamie !

ROXANE

La mort est ta vengeance ? Puéril, minuscule !
Le prix de la victoire frises le ridicule.
Je veux De Guiche détruit, déshonoré, défait,

L'art de la cour, l'intrigue, voilà des jeux mortels.
Ecraserons-le du poids de ses propres méfaits
Retournés contre lui par nos gants de dentelle.

LE BRET

Il faut tuer ce monstre ou il te brisera !
La vue de son corps, seule, me tranquillisera.

ROXANE

Accepte donc ceci : j'ai besoin de trois mois
Pour que je l'affaiblisse, ensuite tu le tueras.
Donne-nous un trimestre...

LE BRET

                            C'est bien trop dangereux !
Déjà ses griffes raclent le perron de ces lieux !
trois mois les coudées franches...

ROXANE

                            Nous l'avons démasqué !
Nous n'attendons plus qu'on nous abatte au mousquet !

LE BRET

C'est vrai, mais néanmoins...

ROXANE

                            Si je deviens sa belle,
Je pourrais l'isoler, seul dans une ruelle.

LE BRET, *poussant un soupir*

Je l'avais négligé...

ROXANE

Accepte !

LE BRET

...De mauvaise grâce !
Tu crois prendre un sentier, mais c'est une crevasse.

ROXANE

Tu m'avouais tantôt ton envie de mourir,
C'est la même amertume qui nourrit mon désir.
Je n'ai plus rien à perdre, beaucoup à faire payer !

LE BRET

La tâche est conséquente, sans vouloir t'effrayer...
Nous sommes seules.

ROXANE

                    Ton courage, et mon intelligence ?
J'ai hâte de leur faire subir notre vengeance !

Acte IV

Chez Ragueneau. Sur un côté, une table chargée de bouteilles vides. De l'autre, deux tabourets face à un comptoir de bar. En coulisse du coté du bar : les cuisines et la cave, lumière chaude d'un four, quelques bruits. On entre dans l'auberge de l'autre coté via un escalier.

SCÈNE 1 : LA CIGALIÈRE

ALTIÈRE, ASTICOT, MANDOLINE, RAGUENEAU, CHRISTIAN

Les trois 'cigales' (Altière, Mandoline et Asticot) sont attablées et attendent la collation.

> ALTIÈRE, *ombrageux et ridicule*

La-la-la-laaaaaaa.....

> ASTICOT, *Faire-valoir maigrichon*
>
> Plom...plom...plom...plom

MANDOLINE, *affairé sur un instrument à cordes*

J'ai dit trois temps !

ALTIÈRE

Tu nous ennuies !

MANDOLINE

Qu'importe : Le rythme est de trois temps !

ASTICOT

J'ai faim !

MANDOLINE

On reprend !

ASTICOT ET ALTIÈRE, *dissonants*

Plooooom.......

MANDOLINE

Faites un effort ! Enfin !

ASTICOT

Je ne ferai pas plus sans un estomac plein !

ALTIÈRE

Asticot a raison ! A plus tard cette farce !

MANDOLINE

Plus tard quoi ? Vos esprits seront-ils donc moins crasses ?

ALTIÈRE

Mandoline Attention ! Mes gants sont sur amorce !
Qu'un mot de trop m'effleure, tu vas sentir leur force !

ASTICOT

Altière ! Attends !

TOUS

C'est Ragueneau ! ! ! !

RAGUENEAU, *entre les bras chargés de plats*

Fromages, perdrix !
Faut-il vraiment du vin ? Vous êtes déjà gris !

MANDOLINE

Un godet pour trinquer ! Tu peux me faire crédit ?

RAGUENEAU

Tu paieras en chansons ! Point d'argent entre amis !

Christian entre la mine basse, murmures.

ALTIÈRE, *vers Christian*

Holà petit ! Tu t'es perdu ? Prends du pinard !

CHRISTIAN

Pardon messieurs je gêne, il se fait déjà tard,
Je traînais en chemin, mieux vaut pour moi sortir.

MANDOLINE

Tu n'as pas encore bu, tu ne peux pas partir !

ASTICOT

Rien manger serait pire !

CHRISTIAN

Je n'ai vraiment pas faim.

ALTIÈRE, *roulant des mécaniques*

Un fond de Rivesalte ou je serais chagrin !
Et je vois que monsieur sait manier son épée...

CHRISTIAN, *la main à l'épée*

Cela je peux le faire

RAGUENEAU, *le prenant vivement à part*

Pauvre petit Altière !
Il brave tout ce qui bouge ! N'allez pas l'écloper !
Il n'est pas escrimeur, mais y croit dur comme fer !
Prenez plutôt un bol de cette soupe au lard ?

CHRISTIAN

Non merci.

MANDOLINE, *lyrique, faussement de part lui*

Transpercé, en plein cœur, tel un dard.

CHRISTIAN

Taisez-vous !

MANDOLINE

Je suis coi. Mais n'en pense pas moins.
Une peine d'amour vous a rendu chagrin.

Christian mets la main sur l'épée, rouge de rage

RAGUENEAU, *même jeu*

Mandoline est taquin, c'est là son moindre vice.
Il souffre autant que vous : son sourire est factice.

CHRISTIAN

Dans ce cas qu'il se taise. Je ne suis pas d'humeur.

RAGUENEAU

Ne parlons plus de ça, mais de choses meilleures.
Nous avons mieux à faire que de broyer du noir.
Alors mes compagnons, où allez vous ce soir ?

ASTICOT

Madame Bois-Saulier nous avait invités
Au récital privé d'une amie précieuse.

ALTIÈRE

J'ai refusé tout net ! On n'y boit que du lait !
Supporter toute une heure la foule silencieuse,
J'ai de meilleurs moyens d'apprécier mon ennui !

MANDOLINE

A la pomme dorée, on peut passer la nuit !
Et on est jamais triste ! Grâce à dame Ginette...

ASTICOT

Ainsi que son mari, qui veut toujours ta tête !
De trois quarts des troquets nous sommes en exil !
Il n'est que Raguenaud pour nous offrir l'asile.
Nous allons au théâtre ! On rejoue la Clorise !

MANDOLINE, *a Christian*

J'y étais ce soir là, quand elle fut compromise !
Vous aussi, compagnon, est-ce cela qui cloche ?
Monsieur de Bergerac était l'un de vos proches ?

CHRISTIAN

Il était admiré, c'était un grand soldat.
Je n'ai pas eu l'honneur qu'on me le présentât.

RAGUENEAU

Mais sa cousine oui, aussi belle qu'Hélène...
Avez-vous de nouveau rencontré Magdeleine ?
Elle semblait vous quittant, assez vindicative.

MANDOLINE

Raguenaud, pâtissier, poète et détective !
Et il a touché juste ! Si j'en crois la couleur
Dont vient de s'empourprer notre cher joli-cœur !

CHRISTIAN, pâle de rage

Ça je vous l'interdis...

RAGUENEAU

Le cœur ne rougit point,

Quand c'est de lui qu'on parle ! Videz votre pourpoint !
Prenez un ortolan

CHRISTIAN

Non...

ASTICOT

Je finis l'assiette ?

RAGUENEAU, sévère

Asticot ! Mais allons ! Laissez lui quelques miettes !

CHRISTIAN, soupir

Magdeleine Robin, quelle étrange chimère.
La grâce d'une fleur, le fil d'un cimeterre !
Mon langage d'habitude n'est déjà pas très large,
Mais face à une femme, et précieuse hélas,
Je perds tous mes moyens, mes mots sont comme en cage !
Les yeux fardés résonnent en moi comme le glas !
Que faire d'un fantassin à ce point pathétique.

ALTIÈRE

Chasse la timidité à grands coups d'alambic !

MANDOLINE

Pour un minois pareil, je connais bien des dames
Pour qui ne pas parler ne serait pas un drame.
Les regards taciturnes ne manquent pas de charme...

ASTICOT

Vous êtes attristé, ça me tire les larmes.
Vous me voyez contrit, malheureux, lamentable !
Je pense aux robes, moi, quand ces choses m'accablent.
Celles dont se vêtir avant le monastère.

RAGUENEAU

C'est une seule femme, elle a du caractère.
Si elle n'est pas pour vous, un gaillard tel que vous,
Ce n'est pas votre fin.

CHRISTIAN

Hélas ce n'est pas tout...

*Tous se mettent à murmurer, pressés d'entendre la
suite*

Car tout mon régiment déborde de femelles !
Comment donc m'en sortir au sein de la mêlée ?
Jambe molle, gorge sèche et tête qui s'emmêle,
Entouré d'amazones prêtes à me flageller ?
Qui rient à grand bruit de mes poses maladroites !
De voir ma main trembler sur un espadon moite !
Le diable ces cadettes ! Ce ne sont pas des femmes,
Mais des dragons !

ASTICOT

Le régiment du roi ?

ALTIÈRE

Ah dame !

CHRISTIAN

L'une d'entre elles messieurs, pour sûr crache du feu !

ALTIÈRE

Ragueneau ! En cuisine, ce serait pas fameux ! ?

RAGUENEAU, *rieur*

Défends-toi de traîner près de mon râtelier !
...
Il se fait tard ! Allons, prenez à emporter,
Dépéchez-vous avant de manquez Montfleury !

ASTICOT, *moqueur*

Ce serait bien dommage !

RAGUENEAU

                    Prenez des fruits pourris.
Il faut des munitions pour lui jeter dessus !

*Ragueneau les incite vivement à partir. Ils sortent
pendant la prochaine réplique de Christian*

CHRISTIAN

Mon dieu, mais quelle farce ! Pauvre soldat déçu !
Obéir et me battre sont mes seuls talents,
C'est le plus ironique dans ce récit navrant.
Et loin d'une caserne qui me... loge et me... paie...
Non.. Ne... regarde pas, voilà que je bégaie.

RAGUENEAU

Tu verras ça plus tard, relâche ta mâchoire.
Enlève ton épée, elle gêne pour t'asseoir.
Ce soir tu dors ici. Je comprends ta détresse.
Ta voie était tracée : tu vois une faiblesse
A la laisser tomber. C'est une renaissance !
Savoure, fais-là tienne ! Prends-là à pleines mains !
Et manges donc un peu ! Tu perdrais connaissance.
Tu es blanc comme un linge !

CHRISTIAN

                    Mais c'est vrai que j'ai faim...

Christian prend à manger des mains de Ragueneau.

INTERLUDE : EPISTOLAIRE

Dans l'ordre : LE BRET, ROXANE, VALVERT *épaulé*
par DE GUICHE

Noir. A la lumière, on distingue trois pupitres d'écri-
ture. Bougies, lumières individuelles permettant de
mettre en valeur les correspondants.

ROXANE, *à Le Bret*

Ma très sincère amie pour ne pas être épiée
J'ai confié la missive aux soins d'un pigeonnier.
Je manœuvre De Guiche afin qu'il se trahisse
Avant que le dégoût qu'il m'inspire m'envahisse.
Ce roquet de Valvert et lui sont fort alertes,
Je dois les endormir pour provoquer leur perte.
Je joue la grande dame, triste, froide et lointaine
Dont l'amitié s'accroît semaine après semaine.
Souhaite-moi bon courage ! Roxane.

VALVERT, *aidé de De Guiche qui lui souffle quelques mots.*

                                    Madame, la chance
Vous porta sur mes pas, au parc, par providence...
J'aurais souhaité alors vous parler sans fadeur,
M'excuser du passé, regagner vos faveurs,
J'ai été maladroit : j'en suis annihilé !
Je vous implore, madame, de ne pas m'exiler.
Et d'agréer enfin, tous les respects sincères
De votre serviteur, Vicomte de Valvert.

ROXANE

Monsieur, Je fus glaciale et peut-être cruelle.
Quand Cyrano est mort, seul, dans cette ruelle,
Ma joie fut comme éteinte. Parmi tous les présents
Que vous pourriez m'offrir, donnez-moi juste "le temps".
Mes humeurs s'attaquent à qui voudrait m'assister.
Veuillez me pardonner ? A très bientôt, Roxane.

VALVERT

S'il vous faut un appui, je serai votre canne.
Et vos emportements valent d'être amnistiés,
J'ai récemment perdu un de mes parents proches :
Un aïeul bienveillant, qui m'avait élevé.
Je vous comprends, je ne ferais aucun reproche,
J'ai perdu l'esprit quand il me fut enlevé.

DE GUICHE, *à Valvert*

Tu es bien sûr qu'on ne puisse pas vérifier
Si cet aïeul fortuit a vraiment existé ?

VALVERT

Vous pensez monseigneur ?

DE GUICHE

                    Ne prenons pas de risque...
Ton oncle fut occis par un coup de francisque
En pleine jugulaire ?

VALVERT

            Lors d'une échauffourée.

DE GUICHE

C'est bien mieux.

VALVERT, *Dramatique*

                Je reprends : "Mon vieil oncle adoré !
A qui porte le deuil : toute ma sympathie,
Mes vœux vous soutiennent, Valvert, qui compatit.

ROXANE

Monsieur, Je suis navrée de la brutalité,
Dont je vous accablais. Votre moralité,
M'apparaît désormais. Une question me presse :
Qui massacra cet oncle ? Par quelle scélératesse ?

Quand mon cousin est mort, sa rapière et son feutre
Ne furent pas trouvés, et même un avis neutre
Ne saurait l'expliquer. Je dois vous sembler bête,
Mais sans explication, je me sens ... incomplète.
Comme si je ne pouvais jamais quitter mon deuil.
Vicomte, écrivez-moi ! Je ne dors que d'un œil !

VALVERT

Dieu, à cette détresse, j'accours pour vous servir.
Pour mon parent, je laissais marcher la justice,
Elle frappe sans erreur ceux qu'elle doit punir.
Ne vous épuisez pas, à vous faire enquêtrice.
Le temps hélas jamais, ne revient en arrière.
Vôtre, sincèrement, à très bientôt, Valvert.

ROXANE

Loin de vous Anatole, j'ai soif de vos paroles,
Quel dommage qu'à vos pas incessamment se colle
Comme une ombre seconde, celle d'un protecteur.
De Guiche est généreux, mais froid, distant, ailleurs.
Son timbre est imprimé sur vos messages passés.
Je suis navrée : votre âme si suave et sucrée
Doit pleurer de subir la loi d'un tel censeur...
Car vous êtes un poète, et bien plus : un penseur.
Roxane

VALVERT

Vous me flattez, Je ne sais que répondre !
Vous me percez à jour : je suis sensible...à fondre.
Je sais qu'une précieuse, entre toutes les femmes,
Saura le respecter. Certaines jugent infâme
Le seigneur d'un logis quand il n'est pas brutal.
J'ai si souvent caché être sentimental.
Quant au seigneur De Guiche, c'est une main de fonte !
Au gant couvert d'écaille. Son esprit est de fer,
Son cœur est en airain , son fondement ...

DE GUICHE, *la mine désapprobatrice*

Valvert !

VALVERT

Mais je ne puis savoir, moi n'étant que vicomte,
Les devoirs que sa charge fait peser sur ses os.
Lui et moi ne sommes pas des mêmes métaux.
Si je suis un Achille, lui est un Apollon.
Je viens vous voir bientôt, Valvert.

ROXANE, *tendrement moqueuse*

Vous étiez ivre,
Hier, en nous quittant, et saoul comme un violon.
Je ne reproche rien, vous nous avez fait rire,
C'est un bouquet d'air pur pour moi qui me morfond.
Votre départ coupa notre conversation :
Je reprends cette phrase lancée par fantaisie :
"Cyrano a manqué ce don que je saisis".
M'expliquerez-vous cela ? Roxane...

DE GUICHE

Donne la plume.
La fine mouche ! ... Madame, Comme ce parent posthume
Votre huis m'est ouvert et je vous vois souvent.
Votre clarté m'emplit de pur ravissement.
Je plains votre cousin qu'une vie d'aventure
Gardait loin de vos yeux. Mes respects...Signature.

ROXANE

Vicomte, cher ami, ne vous fermez pas tant,
Votre visage est doux, mais cache tout un pan
D'une vie plus complexe. Si quelque part je compte,
Confiez-vous à moi. A très bientôt vicomte...

DE GUICHE

Curieuse et obstinée, voilà une adversaire.
Voyons. Prenons encore la plume, cher Valvert :
...
Je lis votre missive avec ferveur madame
Et ne demande, ciel, qu'à vous ouvrir mon âme,
Mais j'ai peur, je l'avoue d'en ressortir blessé.
Malgré vous ! Comprenez...je vous vois vénérer
Un célibat complet, une mémoire tenace,

Je crains de n'être qu'un soulagement fugace.
Et vous devez savoir...qu'on jase dans les salons.
On me presse au mariage, il reste peu de temps,
Donnez moi votre accord, unissons nos maisons,
Dites "oui", mes secrets seront vôtres à l'instant.
Sinon nous cesserons de nous conter fleurette,
Et j'irais, à regret, chercher une autre épouse.
Anatole de Valvert,

ROXANE

C'est entendu. J'accepte.
Fiançons-nous.

DE GUICHE

Parfait ! Retrouvons-nous le douze,
Je viendrai formellement déposer ma requête.

A Valvert, en l'entraînant dans les coulisses

Voilà qui est réglé ! Buvons ! A la conquête !
Il nous faudra construire ces "secrets" qu'elle convoite.

ROXANE, *à Le Bret*

Le Bret, ces fiançailles m'ont laissé la peau moite.
Valvert sait quelque chose, mais parle avec défiance.
J'insiste ! Le briser sera ma récompense !
Roxane

LE BRET

J'ai peur pour toi, la ruse est dangereuse.
Valvert qui n'est pourtant qu'un bête homme de paille,
T'auras en son pouvoir après des épousailles.
Tu es chère à mon cœur, ne sois pas imprudente.
Garde l'esprit lucide, sans glisser sur cette pente.

à elle-même

Elle ne m'écoute pas...Il la tient ! Cette ordure.

Noir. Lumière. On voit Valvert entrer en catimini,
s'approcher de son lutrin, et écrire nerveusement

VALVERT

Roxane, par cette lettre je parle sans censure,
"Cyrano a manqué le don que je saisis" :
Vous aviez à ces mots remarqué mon mépris.
Car oui, je le jalouse, et votre admiration
Aurait pu croitre encore et devenir passion.
Cyrano vous aimait, Roxane ! Comme un damné !
J'ai ici un sonnet qu'il avait égaré,
Cette preuve indéniable empoisonne ma vie !
Ciel, nous prévoyons de nous unir dans un lit,
Et chaque jour, encore, je vous vois le prier
Vous lui rendez hommage comme si vous l'aimiez !
Je suis las de porter par moi-même un rival !
Au risque de vous perdre, que vérité prévale !
Ceci est une supplique : quittez ce deuil malsain !

ROXANE, *à elle-même*

C'est pour moi que De Guiche a tué mon cousin.

Choc avant de se reprendre, digne, fière et dure.

Le Bret. Je sais enfin pourquoi De Guiche frappa,
Il jalousait l'amour de Cyrano pour moi.
Sa mort est de ma faute. J'ai le cœur submergé...
Ecris-moi sans délai.

LE BRET

                    Je voudrais l'égorger.
Si c'était d'un pamphlet que De Guiche se vengeait,
J'aurais pu le comprendre, mais un motif si laid ?
Assassiner l'amour ? Faire de toi un objet ?
Ce reptile est le mal ! Tires-toi du danger !
Permets-le moi Roxane ! Un seul coup de couteau !
C'est tout ce qu'il me faut pour venger Cyrano !
...
Ou bien malgré De Guiche, laisse-moi me risquer
A traquer les tueurs qu'il avait embusqués...
S'il te plait...

Roxane hésite, se détourne de Le Bret, et se concentre sur Valvert. Le Bret sort avec désarroi.

ROXANE

Anatole ? Vous devez vous tromper !
Comment ce pli s'est-il retrouvé dans vos mains ?
Son souvenir, enfin, lentement s'estompait !
Vous avez enduré un supplice inhumain !
Ciel, je n'avais rien vu ! Ce n'était qu'un ami !
Tout est clair à présent, mon esprit endormi
Luttait pour exprimer ce malaise inconscient.
Mes regrets fondent sous ce mistral vivifiant,
Portez-moi le billet qu'écrivit mon cousin.
Nous parlerons très tard, j'apporterai du vin.
Roxane,

Valvert se prépare à rejoindre Roxane au milieu de la nuit, la lettre de Cyrano à la main.

DE GUICHE, *prenant le poème des mains de Valvert*

On sort, Valvert ? Sans même s'apprêter...
Je connais ce poème... je ne l'ai pas prêté...
Du moins si ma mémoire ne me joue pas de tours !

VALVERT

Je vous le rapportais ! Ce message d'amour...
M'inspirait quelques vers qui toucheraient Roxane.

DE GUICHE, *amusé mais menaçant*

Coquin ! Te resservir du travail d'un cadavre !
Pour enflammer l'esprit de cette courtisane.
Quel talent ! Mais te voir jouer sans moi me navre !
Ne recommence pas. J'en serais contrarié...

VALVERT, *cherchant une excuse*

Messire...

DE GUICHE

Fais voir les mots de ta future mariée,
Je crois savoir comment accélérer la noce !
Tout en nous évitant de tomber sur un os.

ROXANE, *en direction de Le Bret qui est partie*

Le Bret, je désespère. De Guiche m'offre en cadeau,
Pour mes noces à venir, l'épée de Cyrano,
Ainsi que son chapeau et sa lettre d'amour.
L'infame a tout prévu : il m'a fait un discours
Pour expliquer comment il se les est fournis :

DE GUICHE

J'ai trouvé les voleurs, et je les ai punis !
Mes valets, qui étaient les premiers sur les lieux,
M'ont trahi. Ces objets furent trouvés chez eux.
Acceptez-les madame, veuillez me pardonner.

ROXANE, *même jeu*

...
J'ai échoué mon amie, et trois mois sont passés.

SCÈNE 3 : LE RETOUR DE SOIRÉE

MANDOLINE, ASTICOT, CHRISTIAN, RAGUENEAU

De retour chez Ragueneau. Christian, Asticot, et Mandoline rentrent saouls. Altière est absent. On les entend rire bêtement dans le noir en coulisses. Pitreries.

MANDOLINE

Cocorico !

ASTICOT

Beeeh ! Beeeh !

CHRISTIAN, *se livrant à une accrobatie d'ivrogne*

Coin ! Coin ! Coin !

MANDOLINE

Mais quel homme !

ASTICOT

Oui....joli !

CHRISTIAN

Serviteur.

ASTICOT

Chantons mes amis ! Ploooooom !

TOUS, *Reprenant la note d'Asticot*

Nous avions rendez-vous, vers quelque lieu secret !
Où toutes les novices, d'un couvent consacré,

MANDOLINE ET ASTICOT

Étaient venues pour voir une curiosité :
Christian l'ourson dressé, et sa pilosité.

MANDOLINE

L'illusion est parfaite : il est presque muet !
Cet animal savant, danse le menuet !
Avec son grand chapeau, j'aurais dû faire la manche !

CHRISTIAN

Prépare-toi bélître, à subir ma revanche !

TOUS

Nous avions rendez-vous, vers quelque lieu secret !
Où toutes les novices, d'un couvent consacré,

CHRISTIAN ET ASTICOT

Venaient célébrer les noces de Mandoline !
Il s'est dit-on rangé ? Viens plus voir les copines...

CHRISTIAN

Sa promise dit-on, est un roc de vertu !
Plus de vin ni de jeu ! Son instrument : vendu !

ASTICOT

Et à chaque repas, des légumes en bouillie !

MANDOLINE

Oh non ! Pas les légumes ! Pitié ! J'ai défailli !

TOUS

Nous avions rendez-vous, vers quelque lieu secret !
Où toutes les novices, d'un couvent consacré,

CHRISTIAN, *complice avec Mandoline*

Se retrouvent en secret pour danser le fado !
Et vont suivre les cours, du grand maître Asticot !

MANDOLINE

Esthète des passion, le plus grand des danseurs,

CHRISTIAN

Qui d'un geste, d'un seul ! fait chavirer les cœurs,
Du moins tant qu'il n'est pas retenu pour manger !

ASTICOT

Ha ça non ! Quand je mange ! Faut pas me déranger !

TOUS

Nous avions rendez-vous, vers quelque lieu secret !
Où toutes les novices, d'un couvent consacré...

Ragueneau entre à moitié endormi et les interrompt

RAGUENEAU

Trois heures du matin ? Quel raffut !

TOUS

Ragueneau !

RAGUENEAU

Comment fut la soirée ?

ASTICOT

J'ai bu comme un moineau !

MANDOLINE

C'est vrai : trois fois son poids

CHRISTIAN

On a déjà fait pire...
Y'en a des qui boivent jusqu'à se démolir![6]

RAGUENEAU

Où est passé Altière ?

CHRISTIAN

Un excellent exemple.

RAGUENEAU

Vous l'avez transporté ?

ASTICOT

Chez lui !

MANDOLINE

Lourd comme un temple !

TOUS, *en chantant*

Nous avions rendez-vous, vers quelque lieu secret !
Où toutes les novices, d'un couvent consacré,
Sont devenues l'objet d'une rixe animée,
Entre un marquis lascif et Altière émêché,

CHRISTIAN, *chantant*

Ils voulaient un duel, je les fis boire par ruse,
Les hurlements de lions se firent cris de buses,
Ils sont tous deux rentrés, minés par les vertiges,
Portés par leurs épées : deux salutaires tiges.

ASTICOT

On a bien rigolé !

---

6. Horreur grammaticale assumée. Nous la placerons sur le compte de
l'alcool.

MANDOLINE

Christian est un héros!
Il a sauvé Altière de milles morts!

ASTICOT

Au bas mot!

CHRISTIAN

Boarf!

ASTICOT

Si!

RAGUENEAU

Christian, Gredin! Tu joues des tours aux gens?

CHRISTIAN

Si c'est pour éviter qu'un compagnon s'embroche...
Comment faisiez-vous donc avant mon entregent?

MANDOLINE, *sarcastique*

Il se faisait planter.

RAGUENEAU

Sans te faire de reproches,
C'est un bien joli crime que tu commis pour lui.

CHRISTIAN

En deux mois de sorties, j'en ai fait un ami!

RAGUENEAU

Christian le belliqueux aurait versé le sang.

ASTICOT, *d'un ton de confidence*

Il a changé ! Et pour les dames...

RAGUENEAU

Intéressant...

MANDOLINE

On n'aborde Roxane que deux fois par soirée !

CHRISTIAN, *vexé*

Ça suffit.

MANDOLINE

Parfois trois...

ASTICOT, *parodiant*

Ô Roxane...

CHRISTIAN, *même jeu*

Frelampiers !

MANDOLINE ET ASTICOT

Nous avions rendez-vous, vers quelque lieu secret !
Où toutes les novices, d'un couvent consacré,
Célèbrent un mariage : c'est Roxane et Christian,
Enlacés ils s'embrassent, toujours en souriant !

MANDOLINE

Christian part à la guerre, s'enlise au siège d'Arras,
Ils restent amoureux, et malgré les menaces,
Roxane perce les lignes enragée et féroce !

ASTICOT

Ragueneau en personne dirige le carrosse !

CHRISTIAN

Ridicule !

RAGUENEAU

Mais bien dit ! Ils t'ont eu !

CHRISTIAN

Je concède.

*Asticot et Mandoline ont continué à boire. Ils montrent
des signes de faiblesse.*

MANDOLINE

Il est temps de dormir après cet intermède...

ASTICOT

Mes pieds ! Ça marche plus !

RAGUENEAU

Bon ! Christian, aide-moi !

*Ragueneau et Christian les installent aussi conforta-
blement que possible.*

CHRISTIAN

Tu sais, j'ai mis du temps à comprendre pourquoi
Tu ne la sortais pas, ta bande de cigales.
Je le vois : c'est que seuls les bizarres et cassés,
Font passer par leurs crânes la lumière des étoiles.

RAGUENEAU

Tu te sens donc comme eux ? Est-ce que j'ai su chasser
Ta tristesse et ce manque ? Tu penses à la caserne ?

CHRISTIAN

Pas depuis que j'ai mis les pieds dans ta taverne
Pas depuis ce moment où tu vins me décrire
Que mes mains de soldat pouvaient aussi construire.
Et que j'avais ma place à t'aider aux cuisines.

RAGUENEAU, *lui donnant une tape sur le dos*

Tu devrais te coucher, on commence aux matines.

CHRISTIAN

Dors bien poète !

RAGUENEAU

Dors bien cigale !

CHRISTIAN

Ragueneau ?

RAGUENEAU

Oui ?

CHRISTIAN

D'après toi, que fais Roxane à cette heure-ci ?

Ragueneau sort dépité.

SCÈNE 4 : ASSASSINS ET PÂTISSIERS

CHRISTIAN, MANDOLINE, ASTICOT *puis* TAISEUX, VERBEUX *et* RAGUENEAU

Christian fait le service. Asticot et Mandoline dissipent leur gueule de bois en grignotant au comptoir.

TAISEUX, *jaugeant l'atmosphère depuis les escaliers*

Il fait bien sombre ici !

VERBEUX, *entrant avec prestance et ostentation*

Holà ! De la maison !

TAISEUX

Riche idée ta gargote ! Elle empeste l'oignon !

VERBEUX

Monsieur sort donc de la cuisse de Jupiter ?
Ce lieu, roi des incultes, est une référence
Parmi tous les bretteurs, même les mousquetaires
Y viennent le midi pour se remplir la panse !

TAISEUX

Quel était le besoin de nous montrer au monde !
Tu mets nos culs derrière la fourche d'une fronde !

VERBEUX

Tais-toi ! Vieille baderne ! L'argent que nous gagnâmes,
Nous fournira de quoi manger comme des rois !
Nous avons déjà bu, il faut combler nos âmes !
Prenons déjà nos aises ! Apportez le repas !
Holà ! Approchez donc !

CHRISTIAN

Je sers ces deux clients.
Rien qu'un instant messieurs

VERBEUX, *tapant du poing sur la table*

Hoooolààà!!!!!!! J'ai dit "HOLA".

CHRISTIAN

J'ai l'oreille affûtée, et j'ai dit "un instant".

VERBEUX, *posant ses armes en évidence sur la table*

Si ma viande est trop dure : donne ton coutelas,
Si je commande "saute", demande la hauteur,
Et s'il me prend l'envie de passer mes humeurs,
Sur un de ces messieurs, tu lui sers de témoin.

CHRISTIAN, *mettant un pied en évidence*

J'ai là deux bottes en cuir dont je prend très grand soin...
Que monsieur dise "j'ai froid aux pieds", "j'ai mal aux fesses",
Je les lui expédie...ici, à pleine vitesse!

VERBEUX, *menaçant*

Je vois qu'on est comique? On a la langue agile!
Mais bien peu de cervelle!

TAISEUX

Allez! C'est bon! On file!

*Christian reste debout les bras croisés. Silence. L'as-
sassin finit par rire.*

VERBEUX

Tu ne m'as pas déplu, je vais me faire mécène!
Attrape ce pourboire! Tu me fais de la peine!

*Il jette des pièces au sol, Christian les ramasse rapi-
dement*

CHRISTIAN, *Bas, à ses amis*

Saisissez l'occasion, partez sans un regard.
Je connais les usages de ce genre de soudards.
Un idiot arrogant, mais comme il a trop bu,
Sa cruauté fondra sur le premier venu.

Mandoline et Asticot sortent

Aucun autre client, que voudront ces seigneurs ?

TAISEUX

Un verre d'eau.

VERBEUX

D'eau de vie ! Fais couler la liqueur !
Du Bordeaux, du Bourgogne, (la France aime la picole) !
Et du rouge italien, et du blanc espagnol,
Puis du rosé des Flandres ! Et une demi-quiche.

Verbeux inspecte son embonpoint

Mais pour ne pas grossir, ne la fais pas trop riche.

CHRISTIAN, *sortant vers les cuisines*

Je vais voir à la cave,

TAISEUX

Tu en fais trop ! Arrête !
Notre présence ici doit demeurer secrète !

VERBEUX

A quoi bon être riche si ce n'est pour nocer ?
Qui osera, ici, venir nous affronter ?
Les héros se font rares, on ne veut pas risquer.
Pour un peu d'altruisme toute sécurité.

RAGUENEAU, *entrant dans l'auberge depuis les cuisines*

Mes nobles invités ! Votre premier flacon !

VERBEUX

Enfin ! Il faisait soif !

TAISEUX

Mais quelle outre sans fond !

RAGUENEAU

Il est une coutume que l'on respecte ici,
La règle est assez simple : seuls dinent les amis.
Comptez-moi vos histoires, vous aurez à manger !
Venez-vous de Province ? Êtes vous étrangers ?

TAISEUX

Non

RAGUENEAU

Donc d'ici ?

TAISEUX

Exact

RAGUENEAU

De la famille ?

TAISEUX

Non point.

RAGUENEAU

Quel est votre métier ? Je sais : ...

TAISEUX, *le coupant*

Tous et aucun.
C'est bon ? Nous sommes amis ?

RAGUENEAU, *déstabilisé*

Suffisamment...oui

TAISEUX

Bien !

VERBEUX, *sous le regard noir de Taiseux*

Moi je suis d'Orléans !

RAGUENEAU

A Paris pour affaires ?

VERBEUX

Hoooooolàààààà...suis-je accoutré tel quelque patricien ?

RAGUENEAU

Certes non.

VERBEUX

Je n'ai pas de maison, mais je flaire
Où trouver de l'argent. Un homme comme moi,
Prend celui des bourgeois...

RAGUENEAU

Ce sont eux qui vous payent ?

VERBEUX, *d'un air entendu*

L'argent vient de leurs bourses. S'ils refusent... pareil !

TAISEUX, *un sourire très crispé*

Mon ami est farceur !

S'adressant à verbeux

Rends-moi service, tais-toi !

VERBEUX, *piqué*

Eh quoi ? Pourquoi cela ? ! Il est bien des ministres !
Qui commercent la mort sans trouver ça sinistre !
Les pertes provoquées par nos petits recels !
Sont maigres face aux morts du siège de la Rochelle.

TAISEUX, *entre ses dents*

Pour la derniè-re fois...

VERBEUX, *à Ragueneau*

Oh ! comme il est modeste !
Il est pourtant rapide ! Et il a la main leste !
Une bûche dans les mains il est des plus habiles !

RAGUENEAU, *se rendant compte qu'il se trahit au dernier*
moment

Une bûche ? Oh mais c'est...

TAISEUX

C'en est trop ! Imbécile !
Désolé aubergiste, mais tu en sais bien trop !
Tant pis pour l'amitié que tu vantais tantôt.

RAGUENEAU

Je vous en prie ! Juré ! je cache ce secret,
Ne tachez pas votre âme d'un immonde forfait !

TAISEUX

Elle est déjà perdue, je n'aime pas les risques...
Tu ne souffriras pas...Je compte jusqu'à six.

RAGUENEAU

De grâce...

TAISEUX

Un....deux...ferme les yeux, je suis rapide.

VERBEUX, *sourdement*

Holà !

RAGUENEAU

Non !

TAISEUX

Trois,

RAGUENEAU

Pitié !

TAISEUX

Quatre...

VERBEUX, *s'interposant*

J'ai dit HOLA !

TAISEUX

Qu'est-il encore passé dans cette tête vide ?

VERBEUX

On ne tue pas les gens sans leurs armes ! Voilà !
Tes grands airs ! Tes menaces ! Je l'affirme ! Il vivra !
...
Tant que je n'aurais pas la fin de mon repas !

TAISEUX

Cuve donc ta bêtise ! Pauvre con ! amateur !
Laisse ceux qui connaissent, réparer tes erreurs !

VERBEUX

En garde !

TAISEUX

Pardon ?

VERBEUX

EN... GARDE ! Tu me dois un duel !
Tu m'as pris le dernier !

TAISEUX

Viens te brûler les ailes...

VERBEUX

Attaque le premier !

TAISEUX

Certes !

Taiseux jette un verre au visage de Verbeux

VERBEUX, *aveuglé*

Je reconnais
Ta lâcheté maraud ! Ou te caches-tu ? Allez !

Taiseux s'approche à pas de loup

RAGUENEAU

Là derrière !

*Taiseux porte une estocade, Verbeux l'intercepte, lui
prend le bras, lui tire un coup de boule*

VERBEUX

Tes attaques ont la même faiblesse !
On devine à l'avance le moindre tes gestes !
Tu touches juste mais, sans aucune surprise !
Allez, étonne-moi ! Qu'est-ce que tu fais ? Tu vises ?

TAISEUX

Tu fanfaronnes, encore...abruti, ça t'amuse ?

VERBEUX

Tuer est l'art subtil dont je me fais la muse.

TAISEUX

Tu gaspilles ton souffle...

VERBEUX

Je vais prendre le tiens !

TAISEUX

Tu crois m'impressionner ? Mais tu n'es qu'un vaurien !
Il y a des raisons qui font que je subsiste...
Plus forts, plus jeunes ou vifs, de très bons épéistes...
J'ai survécu à tous car sans une exception
Je voulais mieux survivre que tous mes opposants !

> *Verbeux attaque. Taiseux prend la rapière à pleine*
> *main et de l'autre le plante. Il se reprend péniblement,*
> *bande sa main blessée avec ses guenilles, se tourne*
> *vers Ragueneau.*

A nous deux maintenant...prépare ta confession.

RAGUENEAU

Laissez-moi vous soigner ! Il faut un pansement !
Inutile de pousser plus loin tout ce carnage.

TAISEUX

Et te laisser partir ? Chasse donc ce mirage,
Allez ferme les yeux... Je te laisse prier.

RAGUENEAU

Je refuse car au fond tu ne veux pas tuer,
Pas comme ça, face à face.

TAISEUX

... Puisque ton choix est fait !

Christian apparaît à la porte l'air confondu. Le temps se fige. Un combat expéditif : Christian tue Taiseux avec sa propre arme.

CHRISTIAN

Je n'ai rien entendu ! Seigneur ! Es-tu blessé ?

RAGUENEAU

Ça ira, ça ira... c'étaient de pauvres diables.
Comme on dirige sa vie, on meurt c'est le destin,
J'ai voulu le sauver, était-ce envisageable ?

CHRISTIAN

Quand je l'ai vu debout, son arme dans les mains,
Ma seule pensée fut d'assurer ta défense.
Je regrette ce geste, tu vois les conséquences.

RAGUENEAU

Ton sang a réagi, avant que tu décides.
On ne peut le blâmer de te rendre homicide.

CHRISTIAN

Je couvre leurs paupières de quatre pièces d'argent.
Pour payer à Charon leur passage.

RAGUENEAU

Pauvres gens...
Prends-en donc deux de plus, si je les ai compris,
Ils étaient responsable du trépas d'un ami,
Il doit être en retard, en train de trépigner,
Fatiguant tout le monde sur les bords du Léthé.

Scène 5 : Une chance manquée

Le Bret, Ragueneau, Christian.

Le Bret

Palsambleu ! C'est trop tard !

Ragueneau

Le Bret ! Quelle surprise !

Christian

Je vous connais de vue ?

Le Bret

Le théâtre ?

Christian, *la mémoire lui revient*

La furieuse !

Le Bret, *même jeu*

Le bellâtre !

Christian, *un sourire en coin*

Oui, entre autre...

Ragueneau

Nous voici en pleine crise !

Le Bret

Je vois et je comprends ! J'ai été malchanceuse...
Quelques instants de moins, il étaient encore vifs !

CHRISTIAN

J'en suis le seul coupable,

LE BRET

Ne te sens pas fautif !
Je les voulais vivants pour en faire des témoins.
Je vois que tu sursautes ?

CHRISTIAN

C'étaient des êtres humains !

LE BRET

Sois sensible d'accord, mais les événements...

CHRISTIAN

Je prends cette épithète en guise de compliment.

RAGUENEAU

Ce forfait, quel est-il ?

LE BRET

Un meurtre...

RAGUENEAU

D'un compagnon ?
Un ami en commun ? J'ai eu leur confession.

LE BRET

Qu'ils emportent en enfer. Je ne peux rien prouver.

Le Bret tend une carte ou un message

Si tu croises Roxane, dis-lui où me trouver,
Elle devrait se servir chez toi pour son mariage.

CHRISTIAN

Roxane s'est fiancée ?

LE BRET

à Valvert

CHRISTIAN

Quel outrage !

Christian a le souffle coupé

LE BRET

Adieu !

Le Bret sort.

CHRISTIAN

Dame bouche d'or et son intransigeance !
Qui prend devant l'autel un niais de cette engeance ! ?
Je veux bien qu'elle méprise mon inintelligence,
Mais ce triste bouffon ? Ou sont ses exigences ?

RAGUENEAU

Calme-toi mon ami ! Pourquoi es-tu amer ?
Tu avais réussi à pardonner Roxane !

CHRISTIAN

Oui ! Bon ! Quand même ! Enfin !... Cet idiot de Valvert ? ? ? ! ! !
Je serais moins vexé qu'elle épousât un âne !

Acte V

*Une église, tôt le matin, déserte. La scène est séparée
en deux lieux distincts. D'un côté l'autel : quelques
marches de pierre, une décoration sobre, la croix. De
l'autre une loge où se prépare la mariée : une coif-
feuse une chaises. L'épée de Cyrano est posée discré-
tement.(voir Acte III scène 1).*

SCÈNE 1 : L'HABILLAGE

DE GUICHE, VALVERT *(à l'autel)* ROXANE, LE BRET,
LA DUÈGNE *(dans la loge).*

L'AUTEL,

DE GUICHE

Nous sommes en avance. L'église est encore vide.
Tu es heureux ?

VALVERT, *mal à l'aise*

Ravi

DE GUICHE

Tu m'as l'air bien livide.
Ce sont tes noces enfin ! Pourquoi n'es tu pas gai !

VALVERT

Mais je le suis, monsieur ! Pardon... je divaguais...

DE GUICHE, *avec un regard vers l'autre demi-scène*

Roxane est dans sa loge au delà du transept !
On prépare sa robe...Elle va te dire "j'accepte",
Et tout sera réglé !
...
             Je suis un peu nerveux...
La manœuvre est passée de plus fin qu'un cheveu !

VALVERT, *hésitant*

Vous triomphâtes ! Monsieur ! Tel saint Michel l'archange !

DE GUICHE

Cesses de bavasser ! Un détail me dérange.

VALVERT

Vous l'avez convaincue, et même confondue !

DE GUICHE, *regards méfiants vers la loge*

Que fais-tu de ses lettres ? De ses sous-entendus ?

VALVERT, *même jeu*

Mais dans ce cas monsieur, que ferait-elle ici ?
Elle porte surement un sentiment sincère !
Elle croit en mon amour : vous avez réussi.

DE GUICHE

Parlons-en ! Ton "Amour"

VALVERT

Postiche !

DE GUICHE

Tais-toi Valvert !

Il se tourne vers la loge

Elle nous brûle de questions et soudain plus un mot.
Aurait-elle deviné pour moi et Cyrano ?

LA LOGE,

ROXANE, *tournée vers l'autel, en robe de mariée*

Enfin, c'est aujourd'hui qu'on te venge, cousin !

Le Bret, camouflée sous une lourde bure entre

On t'a vue ?

LE BRET, *dévoilant son visage de la capuche*

Non, j'étais grimée en capucin.

ROXANE

Viens, Le Bret

LE BRET, *commençant à se changer*

Cette bure entrave mes mouvements.

DUÈGNE, *à Roxane*

Que vient-elle faire ici ? Je freine vigoureusement !
Je te croyais calmée, quelle est cette surprise,
Tu ourdis quelque crime ? Ici ? Dans une église !

ROXANE

De Guiche s'en soucie-t-il ? S'il y avait une justice,
Il aurait pris la foudre au milieu du parvis !
finis de m'habiller.

...

......Vas-tu désobéir ?
Dénonces donc Le Bret, elle finira pendue.

*La Duègne commence à habiller Roxane avec répu-
gnance pendant que Le Bret prépare sa tenue de com-
battante (ceinturon, bottes).*

DUÈGNE

Que diable as-tu prévu ? Roxane, c'est du délire...

LE BRET

Nous n'épargnerons pas ce triste individu.
Avec mes compétences, le coup sera facile.

ROXANE

J'ai invité De Guiche en secret, l'imbécile.
Il n'y aura que nous, il s'avancera...

LE BRET, *mimant un coup sec*

Tac !

LA DUÈGNE

Mais ensuite ?

LE BRET

Nous verrons. D'abord, porter l'attaque,
Nous improviserons en fonction de la chance,

ROXANE

Réussir à s'enfuir n'a que peu d'importance.

DUÈGNE

C'est le discours idiot de deux futures dépouilles !

LE BRET

Je sais. Excuses-moi. Roxane, as-tu le sabre ?

ROXANE

L'arme est là : sur le dais.

LE BRET, *recupérant l'épée*

Pas un seul point de rouille...

DUÈGNE

L'épée de Cyrano !

L'AUTEL,

DE GUICHE

Je trouve ça macabre.
Apporter cette épée le jour du mariage

VALVERT

Mais s'il lui tient à cœur de porter un hommage
A son défunt cousin ? Elle quitte le deuil.
Nous pouvons tolérer cette marque d'orgueil.
Je lui ai remis l'arme en même temps que l'anneau.

DE GUICHE

Es-tu certains qu'elle a oublié Cyrano ?

VALVERT

Ce sont les convenances ! c'est de l'histoire ancienne,
Son esprit tout entier ne pense qu'à l'autel.
Elle est vôtre...

DE GUICHE

Mais alors, pourquoi donc cette gêne ? !
...
Elle te plait Magdeleine ? Tu crois qu'elle est pucelle ?

VALVERT

Messire...

DE GUICHE

Ça va te plaire ? Dis-moi : est-ce que tu l'aimes ?

VALVERT

J'avais sû m'en garder !...Enfin ! Et quand bien même...

DE GUICHE

Et elle t'aime en retour ? C'est cela que tu penses ?

VALVERT

Jamais...

DE GUICHE

Présomptueux ! J'ai été trop laxiste !
J'ai allongé ta laisse, voila ma récompense !
Tu devais t'arranger, fallait-il que j'insiste ?
Pour qu'elle se marie, pas qu'elle te désire !
...
Tu as tout fait rater...tout est fichu...

VALVERT

Messire...

DE GUICHE

A force de mentir, J'ai construit une fable,
Et tous veulent la croire, Mais ce que je ressens...
Et ce que je voulais...s'effrite comme sable.

VALVERT

Ne désespérez pas, repensez à nos plans !
Songez à notre accord !

DeGUICHE

Je m'en fiche !

VALVERT

Non ! Monsieur !
Prenez juste patience : vous êtes victorieux !

DE GUICHE

Devrais-je abandonner ? Rendre sa liberté ?

VALVERT, *le saisissant*

Jamais ! Un homme comme vous ne peut point déserter !

LA LOGE,

LA DUÈGNE

Roxane je t'en supplie, abandonne ce projet.
Je n'y survivrai pas ! Nous pouvons tout changer !
A travers la fenêtre on voit le boulevard.
Et vous aussi, Le Bret, partons !

ROXANE

Il est trop tard.

L'AUTEL,

VALVERT

Votre plan tel un trait a quitté la baliste,
On ne peut l'arrêter. Soyez donc réaliste !

DE GUICHE

Qui nous oblige au fond, à rester inflexibles ?

> LA LOGE, *alors que les acteurs se rapprochent du centre de la scène.*

LE BRET

Tout est déjà fixé, nous avons notre cible,
De Guiche nous a fermé toutes les autres portes.

LA DUÈGNE, *mortifiée*

Ma petite Roxane...

LE BRET, *une main sur l'épaule*

Ce sera très rapide...

DUÈGNE

Si gentille... et joyeuse...

ROXANE, *un pincement de tristesse au cœur*

Duègna, soyons fortes...

L'AUTEL,

DE GUICHE

Finissons-en de cette imposture insipide.

SCÈNE 2 : LE PARDON

Les mêmes, UNE CIGALE *(Mandoline, Asticot, ou Altière)*

CIGALE, *"Habilement" grimée, faisant irruption derrière De Guiche et Valvert*

Holà !

VALVERT

Quoi ?

CIGALE, *prenant de la vitesse*

Je suis le vent ! Vouuuuush !

DE GUICHE

Qu'est cette trombe !

CIGALE

Je tombe de la lune !

DE GUICHE

Plaît-il ?

CIGALE

C'est vrai ! J'en tombe !
Il y a quelques minutes, ou bien quelques secondes,
J'étais dans cette sphère à couleur de safran.

DE GUICHE

Qui fit entrer ce trouble-fête ?

CIGALE

Depuis ce monde,
Je visais la lucarne, et en m'y engouffrant
Atterrissais ici.

DE GUICHE

Valvert ! Attrape-le !

La cigale s'enfuit poursuivie par les deux hommes.
Christian entre dans la loge par le côté opposé.

CHRISTIAN, *à Roxane*

Madame.

ROXANE

Christian ! Ici ?

CHRISTIAN

Je suis venu vous voir.

LE BRET

Tu ignores où tu mets les pieds, toi ! Malheureux !
Fiche le camp sinon je te change en passoire.

CHRISTIAN, *D'une voix forte*

Allons donc ! un assaut contre un homme sans arme ?
Où donc est votre honneur ?

LE BRET, *bas*

Arrête ce vacarme !

CHRISTIAN

Tuez-moi ou partez. Il me faut cinq minutes.
C'est peu.

ROXANE

De Guiche arrive !

CHRISTIAN

Permettez, je réfute !
Un de mes compagnons s'emploie à le distraire.

CIGALE, depuis les coulisses

Tenez sur mon pourpoint ! un cheveu de comète !

DE GUICHE, depuis les coulisses également

Descends donc de ce lustre !

CHRISTIAN, à Le Bret

J'ai le temps au contraire.

LE BRET, désemparée, à Roxane

Je vais pas le larder ?

ROXANE, à Christian

Bien, dites vos sornettes !

CHRISTIAN, à Le Bret et la Duègne

Pourriez-vous toutes deux rester sur le perron ?

LA DUEGNE

Il y a des limites ! Je suis le chaperon !

LE BRET

Et en cas d'entourloupe ?

ROXANE

Je crois en sa parole.

Le Bret et La Duègne sortent

Donc ? Vous êtes content ? Dites vos fariboles,
Qu'on en finisse enfin

CHRISTIAN

J'y ai droit !

ROXANE

Arrogant,
Je vais vous décevoir ! Soliloquez, j'attends,
Mais je n'ai pas promis de vous prêter l'oreille.

CHRISTIAN, *en apparté*

Déjà qu'en temps normal, l'interroger m'effraie...

à Roxane

Arrêtez cette moue de gêne indifférente !

ROXANE

Il ne reste plus que quatre minutes trente.

CHRISTIAN, *paniqué*

Ah...madame, c'est qu'en fait... Ah... Valvert ! Le mariage !

ROXANE

Mes félicitation, vous savez lire.

CHRISTIAN, *prenant une assurance nerveuse*

J'enrage !
Madame enfin j'enrage, de vous voir vous unir

A un pareil crétin quand je me fis bannir.
J'admets ne pas avoir le bel esprit qu'il faut,
Mais pourquoi prenez-vous pour compagnon ce veau ?
Il est con comme une huître !

ROXANE

C'est pour ça ? Incroyable...
Je révise mon jugement : Vous êtes donc grossier
En plus d'être un nigaud ! Et de quel droit...

CHRISTIAN

Mais diable !
Expliquez moi alors ! Je saurai l'apprécier !

ROXANE

Laissez-moi donc en paix ! Vous déballez vos drames,
Respectez seulement ce que moi je subis !
Vous me faites bien rire avec vos états d'âme,
Vous êtes toujours ce fat qui croyait tout acquis !
Allez-vous en.

CHRISTIAN

Roxane...

ROXANE

J'ai dit : Allez-vous en !

CHRISTIAN, *d'abord, calme, puis enflammé*

Comme si ta détresse te donnait tous les droits,
Et bien c'est faux Roxane, car j'ai des sentiments !
Et tu les as blessés ! écorchés sur la croix !
J'en ai presque péri. Tu m'as tué, sirène !
Le corps d'un jeune premier est mêlé à ta traine,
Je m'en suis extirpé tel une chrysalide,
J'ai traversé les flammes, j'en suis sorti valide,
J'ai été reforgé dans la sueur et l'alcool !
J'ai bu à même les gorges de fous tavernicoles [7]

7. Néologisme assumé

Un verbe plus puissant que l'éther de l'Esprit
Et je te lance en touffe, Roxane, tout mon mépris !
Péronelle ! Coquette ! Précieuse ! Sophiste !
Siamoise égocentrique ! D'autres que toi existent !

Une pause, haletant

ROXANE, *abasourdie*

C'est fini ?

CHRISTIAN, *au paroxisme*

Oui !

Christian redescend de son état second, un silence
géné s'installe entre lui et Roxane qui n'ose pas non
plus prendre la parole.

La forme a dépassé l'idée.
...
Pardon pour mon orgueil. C'est lui qui m'a guidé.

ROXANE, *toujours froide, mais moins cassante.*

Il y a du vrai monsieur, je dû être cruelle,
Acceptez en retour mes excuses formelles,
Et filez. Votre place n'est pas dans cette église.

CHRISTIAN, *pris de lucidité*

C'était une évidence : j'ai été vaniteux.
Vous accoster pendant le deuil mais quelle bêtise !

ROXANE

C'est heureux de l'admettre.

CHRISTIAN

Quel plan calamiteux !
Le phénomène qui nous eût permis d'être amants
N'est pas de notre monde

ROXANE

Repartez maintenant.
Je suis heureuse d'avoir entendu vos griefs,
Mais les invités entrent et s'installent dans la nef.

CHRISTIAN

J'y vais. Pardon. Adieu.

*Christian, très embarrassé, se dirige vers la sortie.
Quelque chose le frappe.*

Le Bret est ta témoin ?

Roxane hoche la tête en approbation

Mais pas pour ton union... Tu prépares un combat !

ROXANE, *prise à la gorge*

Raison de plus, très cher, pour filer vite et loin.

CHRISTIAN

Le mystère s'éclaircit : Valvert est ton appât.
J'ai raison ?

ROXANE

Oui

CHRISTIAN

Pourquoi ?

ROXANE

Une question d'honneur.

CHRISTIAN

Qui fera plus de morts que de personnes en vies.

ROXANE

J'ai pris ma décision.

CHRISTIAN, *fataliste*

Elle fera ton malheur.

ROXANE

Alors ainsi soit-il.

CHRISTIAN

Voudras-tu mon avis?

Roxane garde le silence

Tu te veux héroïne traquant un idéal,
Amours, passions, martyr! J'ai été comme toi.
Tu aspires à l'éclat d'une coupe en cristal,
Mais quand elle est brisée, le gobelet de bois
Abîmé, continue d'apaiser toute soif.
Tes convictions t'aveuglent.

ROXANE

Grand dieu quel épigraphe!

CHRISTIAN

Je le dis sans rancune. J'oubliais : un cadeau,
Ces deux deniers d'argent transmis par Ragueneau.
Tu l'as su...

ROXANE, *comprenant le sous-entendu sur son cousin*

Oui, bien sur.

CHRISTIAN

Voici le reliquat
Du pécule qui paya les deux indélicats
Qui se salirent les mains.

ROXANE

Ils sont morts.

CHRISTIAN

A la fosse.

ROXANE, *examinant les pièces*

Ce visage, Richelieu ?

CHRISTIAN

Oh ! elles ne sont pas fausses.

ROXANE

Oui je les connais bien, De Guiche crane souvent
D'en avoir la primeur...
             C'est presque décevant :
Il mentira sans mal si j'aborde le sujet.

CHRISTIAN

Je m'en vais sans regret : rien ne nous rassemblait.

ROXANE

Je suis d'accord.

CHRISTIAN, *moqueur*

Je suis bien trop sophistiqué.

ROXANE, *même jeu*

Et moi bien trop virile !

CHRISTIAN

Je file chez mes toqués.

Il sort. Entrée de Le Bret.

Scène 3 : Nous choisissons

Roxane, Le Bret, *puis* Valvert

Roxane

Où est donc ma Duègne ?

Le Bret

Elle nous a désertées.
Elle ne voulait pas voir ce qui va se passer.

Roxane

Ma pauvre confidente.

Le Bret

Nous sommes prêtes ?

Roxane

Oui, je pense...

*Le Bret se met embuscade. Entrée de Valvert qui d'abord
ne la voit pas.*

Valvert, *présentant son bras à Roxane*

Ma fiancée, c'est l'heure. Viendrez-vous à l'hymen ?

Roxane

De Guiche ne viendra pas ?

Valvert

N'y voyez pas d'offense :
Nous fûmes retardés par un énergumène.

LE BRET

Bon sang.

VALVERT, *surpris*

Pardon.... ?

ROXANE, *faisant les présentations*

Le Bret : ma demoiselle d'honneur.

VALVERT

Vous étiez en prison.

ROXANE

Pour erreur judiciaire,
De Guiche dans sa bonté m'a offert la faveur
De sa grâce.

VALVERT

Ah vraiment ?

ROXANE

C'est une amie sincère,

VALVERT

Quelle est cette tenue ?

LE BRET

L'uniforme gascon !

ROXANE

Des habits choisis pour la commémoration.
Le Bret, donnes ce sabre.

LE BRET, *donnant l'épée à Roxane*

J'en vérifiais l'éclat.

VALVERT, *à Roxane*

De Guiche se fait guider par vos rubans.

ROXANE

Allons...

VALVERT, *à lui même*

Du moment qu'il n'oublie jamais ce qu'il me doit.
Mesdames, viendriez-vous ?

ROXANE, *à Le Bret*

Cache-toi dans mon sillon.

Ils sortent

Scène 4 : D'être des tigres

Roxane, Le Bret, Valvert, De Guiche

La loge est sortie de scène, l'autel prend toute la place. Le groupe fait son entrée dans la nef où De Guiche les attend.

De Guiche

Ciel, vous êtes sublime.

Roxane, *accaparant l'attention le temps que Le Bret se dissimule*

Cher Antoine, mes hommages,
Ce costume j'en conviens est à votre avantage...
Commençons ?

Geste d'approbation de Valvert et De Guiche. Roxane s'adresse au public.

Nobles amis. Avant ce sacrement,
Je veux que nous prenions, tous ensemble, un moment.
A Cyrano, vous tous ! honorons sa mémoire.
Son épée fut vaincue par le bâton grossier,
Ces vils deniers d'argent lui rendront la victoire.
Prenez, seigneur De Guiche, vous êtiez créancier.
Des coquins qui rendent l'argent de leur silence.
Ils ont tout raconté.

De Guiche, *Recevant les pièces lancées par Roxane*

Suis-je pris de démence ?

Le Bret, *d'un souffle*

Mais ? Elle tente le diable !

ROXANE

Allons, Capitulez.
Vous n'êtes pas de taille!

DE GUICHE

Moi! De Guiche! Reculer?
Parbleu!

ROXANE

Le guet visite à l'instant vos quartiers,
L'église est une ruse pour que vous les vidiez.
Tous vos gens sont ici.

DE GUICHE

Impossible!

ROXANE, *désignant Valvert*

Et le pire,
C'est que la porte fut ouverte par votre sbire...

VALVERT

Qui?...Non! C'est un mensonge!

DE GUICHE

Toi ...misérable...traître!
J'arracherais tes yeux que tu puisses t'en repaître!
Elle t'a tourné la tête!

VALVERT

Je n'ai rien dévoilé!

DE GUICHE

De combien d'autres meurtres es-tu allé parler?

ROXANE

C'est la fin, je sais tout. Avouez votre crime !
Je le veux de vos lèvres.

DE GUICHE

Mon acte est légitime !
Je voulais un duel pour le tuer moi-même,
Mais il m'a ignoré ! On obtient ce qu'on sème.
Si pourtant il avait voulu se présenter.

VALVERT, *décomposé*

Elle vient de vous piéger...

ROXANE, *après un silence*

Oui, j'ai tout inventé.
Pourquoi chercher des preuves : il fallait que je triche.

LE BRET

Vous vous êtes vendu, mon cher comte De Guiche.
Devant votre assemblée !

VALVERT

Je vous étais dévoué.
Et ces minauderies, c'était pour me flouer.
J'ai été fou de vous penser compatissante !

ROXANE

Je suis heureuse que stoppe cette ronde avilissante.

VALVERT

Monsieur quittons Paris, la foule est agitée.
Nous risquons le lynchage ou la captivité.
Nous allons nous refaire !

DE GUICHE

Tais-toi, tu me fatigues.
Fini, ta veulerie et toutes tes intrigues !
Tu veux partir ? Vas-y ! Sans ma protection ;
J'enverrais bien mes chiens, mais tu en fais partie.

VALVERT

Monsieur !

LE BRET

Applique-toi pour ta disparition.
Si tu croises ma route, je te taille en charpie.

Valvert sort, terrorisé et détruit

ROXANE, *à De Guiche, parlant de Valvert*

C'était votre seule chance d'éviter la prison.
Les gardes seront là d'ici quelques minutes.
...
Je n'imaginais pas jouir de cette chute.
Je reprends donc ma vie, Le Bret sa garnison.
Votre visage exprime, une telle défaite.
Le Bret, c'est suffisant ?

LE BRET

Tiens-moi pour satisfaite,
Mon honneur est lavé : nul besoin de boucherie.
La vengeance nous rendrait plus viles que ses tromperies.

ROXANE

Tout est fini.

DE GUICHE

C'est vrai, vous êtes victorieuse.
Comme je vous ai aimé ! Etes-vous parieuse ?

ROXANE

Ça suffit.

DE GUICHE, *dégainant*

Un défi ! A la pointe de l'épée.
L'or, les faveurs, la gloire. Je joue tout mon empire.
Si je perds, tout est vôtre. Si je gagne...un baiser.

ROXANE

Mais vous perdez l'esprit ! Jamais !

LE BRET, *récupèrant l'épée des mains de Roxane*

Arrière ! Vampire !

DE GUICHE

Soyez donc sa championne. Combattez !

LE BRET

Puéril !
Me salir sur ton cuir ? Pathétique !

DE GUICHE, *moqueur*

Jeune fille...
On échoue à sauver ses amis les plus chers ?
Cyrano écrasé, Roxane bafouée, Lignière...
Je l'ai fait estropié nonobstant votre action.

LE BRET, *sortant l'épée*

Par Saint Pancrace ![8]

ROXANE

Oublie-le donc !

8. Saint patron des gens de bonne foi, et par là même ennemi des parjures.

LE BRET

Laisse-moi tranquille !

A De Guiche

Tu te bats pour du vent ! Tu te berces d'illusions !

DE GUICHE, *à lui*

Oui, c'est beaucoup plus beau lorsque c'est inutile.

Le Bret se fend, De Guiche ouvre volontairement sa ligne et se fait tuer.

© 2019, Ailliot, Cyril; Monteux, Claire
Edition : Books on Demand,
12/14 rond-Point des Champs-Elysées, 75008 Paris
Impression : BoD - Books on Demand, Norderstedt, Allemagne
ISBN : 9782322138876
Dépôt légal : août 2019